AF216273

Stephan Dettmeyer

Glaub nicht alles, was du denkst

Kolumnen
2016-2019

Impressum:
Bibliografische Information der Deutschen Nationalbibliothek: Die
Deutsche Nationalbibliothek verzeichnet diese Publikation in der
Deutschen Nationalbibliografie; detaillierte bibliografische Daten
sind im Internet über dnb.dnb.de abrufbar.

© 2019 Stephan Albert / VTD / eMail: albertus-books@gmx.de

Herstellung und Verlag: BoD – Books on Demand, Norderstedt

ISBN: 9783749470280

Autor

...studierte Geophysik, Literatur und Philosophie / freiberuflich seit 1984 als Kolumnist, Fotograf, Kabarettist und Schriftsteller...

Inhaltsverzeichnis:

Vorwort:

Über zweiundzwanzig Jahre habe ich jede Woche eine Kolumne für eine regionale Zeitung in Sachsen geschrieben. Ohne Unterbrechung!
Bis 2016 schrieb ich sie in sächsischer Mundart unter dem Pseudonym "Eduard Sachsenmeyer".

Aber irgendwann kam bei mir der Verdacht auf, dass die Sachsen ihren Dialekt nicht so sehr mögen.
Außerdem schienen viele zu faul zu sein, meine in Sächsisch geschriebenen Kolumnen zu entschlüsseln.
Und immer wieder gab es auch Streit, ob man denn so, wie ich schrieb, wirklich reden würde?

Deshalb gab ich es nach vielen Jahren auf, in sächsischer Mundart zu schreiben. Schade!
Die sächsische Denkart aber, die lebt weiter!

Viel Spaß!

Autos ohne Fahrer

Nee, Autos ohne Fahrer - das ist eine totale Furzidee! Auto ohne Fahrer ist wie eine Brille, ohne dass sich einer draufsetzt! Oder ohne Durchgucker!

Ein Auto ist doch ohne Fahrer völlig sinnlos! Es muss jemand da sein, der das Auto benutzt. Und bloß im Auto drin sitzen und zugucken, was das Auto macht... - nee, da wirst du doch wahnsinnig!

Nämlich - so ein volldigitalisiertes Auto, was eigentlich mehr ein Computer auf Rädern ist, das fährt doch voll nach Vorschrift! Dem sind ja alle Paragraphen der Straßenverkehrsordnung eingetrichtert worden. Und auch alle Regeln von Höflichkeit und Nachsicht!

Das Computerauto hält auch in der dreißiger Zone die Geschwindigkeit von dreißig KaEmHa ein! Ja!

Oder auf der Autobahn... - immer nach Vorschrift! Von wegen mal rechts überholen, wenn links irgendein Blödmann nicht Platz macht... - hast du gedacht! So ein durchprogrammiertes Computerauto fährt dem Blödmann hinterher! Und dazu noch mit dem vorgeschriebenen Sicherheitsabstand! Und den Stinkefinger zeigt es auch nicht.

Gut, das wäre dann eine verbleibende Aufgabe für den mitfahrenden Autobenutzer.

Aber sonst...

Wenn es anfängt zu regnen, dann fährt die Karre bloß noch achtzig, um Aquaplaning vorzubeugen. Und wenn jemand auf der Fahrbahn herumspaziert oder aus der Nebenstraße vorschießt... - das Auto bremst auch für Fahrradfahrer!

So ein Käse!

Ein Auto hat das zu machen, was der Fahrer will!

Und wenn ich eben von der Fahrbahn runter und in den nächsten Waldweg einbiegen will, weil ich mal pinkeln muss, dann hat das Auto das zu machen!

Nee, das volldigitalisierte Auto ist Schwachsinn! Das muss ja auch nicht pinkeln!

Auch wenn es zum Beispiel als Taxi eingesetzt werden wird. Mit wem sollst du dich denn unterhalten, wenn kein Fahrer da ist? Und wer hievt dir den Koffer in den Kofferraum? Wer hievt ihn wieder raus und wünscht dir eine gute Reise? Wer kriegt das Trinkgeld?

Das ist alles noch nicht bis zu Ende gedacht!

Zum Beispiel auch gestern - ich bin schon im Kreisverkehr drin, da kommt einer in der nächsten Einfahrt in den Kreisel reingeschossen, ohne mich zu beachten! Wenn ich nicht gebremst hätte, wäre es ein schöner Kaltverformungstest geworden.

Was macht denn da ein Computerauto? Das weiß ja, dass es Vorfahrt hat und, dass das Objekt, was von der Seite reinschießt, das nicht darf. Bremst das Computerauto dann wirklich?

Oder berechnet das Computerauto in Bruchteilen von Sekunden, was günstiger ist. Rein von der Gefährdung in Abwägung gegen die Versicherungsleistungen, die der Unfallverursacher zu leisten hat. Verhindert das Computerauto einen Unfall nur noch dann, wenn dir die Erhöhung des Versicherungsbeitrages droht? Ansonsten - einfach drauf?!

Du, als lebendiger Fahrer fluchst und hupst und bremst - der Computer schweigt, rechnet und fährt womöglich mit genau der Geschwindigkeit auf das gegnerische Auto auf, dass nur Blechschaden entsteht und den Insassen schlimmstenfalls der Airbag um die Ohren fliegt.

Das traue ich den Computerautos jedenfalls zu! Zumindest den aufgemotzten. Mit dreifacher Festplatte und so!

Und was eigentlich, wenn so ein Computerfreak dein Computerauto hackt? Ja, dann fährst du dorthin, wo der Hacker das will. Vielleicht an den Baum, wenn er was gegen dich hat.

Ja, eine neue Methode, jemand um die Ecke zu bringen! Nicht mehr Bremsleitungen durchschneiden, keine Fernzündbomben... - einfach hacken und umprogrammieren!

Und nochmal ganz grundsätzlich - ein Auto ist und bleibt ein Hilfsmittel zur Überdeckung deiner persönlichen psychischen und physischen Mängel. Ob Penislänge, Körbchengröße oder Kleinwüchsigkeit - hinter dem richtigen Lenkrad lässt sich da viel kaschieren!

Und mit dem Auto kannst du deinen Charakter auf die Straße bringen und den anderen beweisen, wer du bist! Du bist du und dein Auto! Basta!

Bau Haus!

Nein, das hätte ich nicht erwartet! Und ich nehme das meiner Gutsten auch echt übel! Irgendwie hat die mich tief in meinem Inneren getroffen. Heimtückisch dazu!

Dabei ging das ganz harmlos los. Wir hatten einen Ausflug gemacht... mit unserm Auto... in die Nähe von Leipzig. Wo die doch jetzt dort die vielen Seen haben! Das wollten wir uns eben mal angucken. Und das war dann auch alles ganz interessant und alles neu... - und am Ufer vom dem See war ein niegelnagelneues Eigenheimgebiet. Die Hälfte von den Eigenheimen war schon bezogen. Das hat man gesehen, weil da eben Tische und Stühle auf der Terrasse gestanden haben... oder ein Auto vor der Garage... oder ein Grill auf der Wiese... oder ein Hund... - die Leute waren nicht zu sehn!

Die Eigenheime waren alle nach dem gleichen Stil gebaut. So quadratische und rechteckige Bauklötzer... ohne Dach... mit riesigen Fenstern in manchen Mauern... dafür in andern Mauern keine Fenster, sondern bloß ein Bullauge oder so ähnlich. Alles in Weiß oder Beton.

Meine Gutste hat nach einer Weile zu mir gesagt: "Bauhaus!"

Da war meine Gutste allerdings gerade an den richtigen geraden. Ich hatte mir nämlich gerade überlegt, dass die, die solche Eigenheime kaufen, keinen eignen Handschlag am Haus tun. Die lassen bauen!

Von wegen "bau Haus!"

Also habe ich meiner Gutsten entgegengehalten: "Kauf Haus!"

Dann hat mir meine Gutste erklärt, dass der Stil, in dem die Häuser gebaut sind, "Bauhaus" heißt.

Gut, wenn meine Gutste so was sagt, dann glaub ich das. Meine Gutste weiß so was!

Ich hab mir dann die Bauhäuser nochmal genauer angeguckt und fand die ja eigentlich auch nicht schlecht.

Ich hab dann gesagt: "Naja, ich könnte mir auch vorstellen, in sowas zu wohnen!"

Da hat meine Gutste geantwortet: "Die da drin wohnen, die müssen monatlich mehr verdienen, als du im ganzen Jahr!"

Es hat eigentlich bloß gefehlt, dass sie noch nachgesetzt hätte: "Versager!"

Nee, den "Versager" hat die sich verkniffen. Aber ich habe ihn rausgehört - den "Versager"! - und war bedient!

"Ich würde ja gerne mehr verdienen," hab ich dann gesagt, "aber wie soll ich das denn machen?"

Da hat meine Gutste abgewinkt und hat gesagt: "Da hättest du früher aufstehen müssen!"

"Blödsinn!" - hab ich gekontert: "Und wenn ich noch so früh aufgestanden wäre, soviel hätte ich nie verdienen können!"

"Und wie haben die das gemacht, die sich die Häuser gekauft haben?"

Ja, die Frage bohrt bei mir bis heute. Dass die einfach bloß früher aufgestanden sind, halte ic für unwahrscheinlich.

Bei dem Spaziergang habe ich jedenfalls den dämlichen Bauhäusern keinen Blick mehr geschenkt. Und gegen meine Gutste habe ich auf der ganzen Rückfahrt im Auto hartnäckig geschwiegen.

Aber die Frage hat trotzdem gebohrt: Wie kann sich jemand leisten, sich so ein Bauhaus zu kaufen?

Gut, die Frage hätte ich mir schon vor vielen Jahren stellen können. Es gibt ja nicht bloß jetzt und in der Nähe von Leipzig solche Eigenheime, wo dir die Spucke wegbleibt. Aber irgendwie ist bei mir die Frage eben erst jetzt mit Nachdruck hochgekommen, weil mich meine Gutste so provoziert hat.

Woher haben manche so viel Geld?

Gut, da gibt es alle die Glückskinder, die was erben! Oder die eben zu den reichen Familien gehören. Die haben sich das ja auch nicht so direkt aussuchen können. Die sind eben reich von Geburt.

Dann die, die im Lotto gewinnen. Aber das sind nicht viele. Das Glück ist bekanntlich ein Rindvieh und sucht seinesgleichen!

Und dann muss es aber in Deutschland auch wirklich jede Menge Leute geben, die mit irgendeiner Art von Tätigkeit einen Haufen Geld verdienen. Warum gehöre ich nicht zu denen?

Ob die wirklich so viel früher aufstehen, als wie ich? Vielleicht sind die schlauer? Vielleicht doofer?

Nee, wenn ich damals gewusst hätte, dass heutzutage Rechtsanwälte und Ärzte so viel Geld verdienen... oder sogar Lehrer... oder Handwerker... - das heißt, Handwerker haben schon dazumals nicht schlecht verdient. Aber ich Dämlack...- nee, lassen wir das!

Ist eh zu spät! Da hätte ich, wie meine Gutste gesagt hat, früher aufstehen müssen. Und wo die Recht hat, hat die Recht.

Mode ist für Frauen

Nein, ich bin nicht direkt modebewusst! Meine Gutste sagt sogar, dass ich altmodisch bin. Dabei habe ich bloß einfach mit Mode nichts am Hut! Mode juckt mich nicht! Mode ist Frauensache!

Es gab in meinem Leben schon so viele Moden, die irgendwie ohne Spuren zu hinterlassen an mir vorübergerauscht sind. Eine Mode jagt ja bekanntlich die nächste. Ich bin da nie mitgehetzt.

Nur ganz selten, dass ich – kurz bevor so eine Mode am Abnibbeln war – dass ich da die Mode noch ein bisschen mitgemacht habe. Unbewusst. Einfach, weil ich gar nicht gemerkt hatte, dass es noch Mode ist.

Zum Beispiel war das so mit den Schlaghosen. Als die Mode vorbei war und hautenge Hosen plötzlich Mode geworden sind, da habe ich gemerkt, dass meine Lieblingshose, die ich hatte, eine Schlaghose war. Das war mir vorher nicht aufgefallen!

Auch die langen Haare... damals, wo ich jung war. Die Beatles hatten damit angefangen. Dann sind die Haare immer länger geworden. Bubikopf, Pagenfrisur, Dauerwelle, Zottelmähne...

Wo ich kürzlich mal so alte Fotos von mir in den Fingern hatte, musste ich feststellen, dass meine Haare zwar nicht so lang warn, wie es damals Mode war, aber sie waren immerhin so lang, dass sie mir über die Ohren gingen.

Frauen kann das nicht passieren! Die werden durch die Bunten Zeitungen immer rechtzeitig erinnert, wenn eine neue Mode da ist.

Brüllen könnte ich ja über die Typen in meinem Alter, die den Schuss überhaupt nicht gehört haben, dass die eine Mode, die die mal mitgemacht haben, vorbei ist. Die haben heute immer noch die langen Haare, wenn auch längst grau und zersplissen, bis auf die Schulter hängen. Die Klamotten sind meistens auf dem entsprechenden Level. Für die Altkleidersammlung nicht mehr verwendbar!

Besonders hübsch, wenn die langen Haare wie ein Duschvorhang rings um die Hinterkopfkniescheibe herabfallen.

Über Männer mit Pferdeschwänzchen könnte ich mich kringeln. Ich denke immer, die müssen hinten zubinden, damit das letzte bisschen Grips, was verblieben ist, nicht rausrutscht.

Bei Glatzköpfen weiß man allerdings nicht genau, ob es irgendeine Mode ist oder einfach genetisch bedingter Haarausfall

Nee, hinsichtlich Mode bin ich nicht gefährdet. Gottseidank!

Eine doofe Mode ist ja jetzt, dass die Hosen ausgewaschen und total zerfetzt sein müssen. Aber auch die Mode wird wieder vorbei gehn. Das ist nicht so schlimm.

Aber was tun mir die armen Leute leid... also, auch die armen Leutinnen! ... die sich heutzutage, weil es Mode ist, ihren Körper verhunzen und verschandeln lassen. Ja, genau – mit den Tätowierungen!

Das bleibt für immer! Bei Männern und bei Frauen!

Wobei, so ein kleines Tattoo auf dem Arm... ein Anker... oder eine Schlange oder irgend so ein Bildchen... wegen mir auch am Fuß... das geht ja noch! Aber manche sehn doch mit den Tätowierungen mittlerweile aus, wie gehäutet und anschließend mit Ornamententapete tapeziert.

Schlichte Karos und Streifen sind nicht so Mode.

Ich geh übrigens in letzter Zeit wirklich gerne und mit wachsender Begeisterung so ins Freibad... oder Hallenbad... oder noch schöner - FKK! Egal!

Viel gerner als früher!

So ein Besuch im Bad wird mehr und mehr zu so was, wie ein Besuch in einer Kunstgalerie! Kunstgenuss pur!

Ja, jede Menge Gemälde, bloß eben nicht an den Wänden. Du brauchst nicht rumlaufen. Nee, die Gemälde laufen an dir vorbei. Oder sie hocken auf der Decke. Oder spielen Volleyball, oder Federball...

Wenn du dir eine günstige Stelle aussuchst, zum Beispiel neben der Eisbude oder im Whirlpool... da kommen im Lauf der Zeit fast alle mal vorbei.

Wenn die kommen, dann siehst du die Gemälde von vorne. Wenn die gehen, dann siehst du, die Rückseite. Meistens sind es so botanische Motive: Ranken, Blätter, Efeu, Dschungelpflanzen... - oder aus der Fauna: Tigerköpfe, Brillenschlangen, Warzenschweine..., aber oft vermischt mit Porträts und Symbolen aus der menschlichen Traum- und Phantasy-Welt. Überhaupt wirkt alles sehr naturalistisch und realistisch. Wenig Abstraktes. Vielleicht ist es ja so ein Wiederaufkeimen des sozialistischen Realismus. Eine Art Gegenreformation.

Oder ein bisschen wie surrealistischer Jugendstil. Wobei die meisten Gemäldeträger auch wirklich "Jugend" sind. Weil sie jung sind. Surreal sowieso!

Ja, jetzt sind die jung! Aber die werden doch auch immer älter! Und die Gemälde werden zwangsläufig mit älter!

Nein, das ist ja nicht einfach so wie bei Bodypainting! Bei Bodypainting geht die Farbe ja hinterher wieder ab. Einfach unter der Dusche - erledigt!

Nein, die Tattoogemälde, die ich jetzt meine, die sind echt. Waschecht! Ja, ich meine die Tattoos! Du bist fürs Leben gezeichnet! Lebenslänglich gestraft!

Ein Mann war kürzlich bei seinem Arzt und hat den gefragt, was er machen soll - seine Frau habe sich die Gesichter ihrer beiden Ex-Ehemänner auf die Brüste tätowieren lassen. Den einen Ex auf die rechte Brust, den anderen Ex auf die linke Brust. Was er denn dagegen machen könne, wollte der Mann wissen. Vielleicht operieren? Amputieren?

Der Arzt riet von solchen drastischen Maßnahmen ab. Er empfahl dem Mann, einfach abzuwarten und immer daran zu denken, was die beiden Ex-Ehemänner im Lauf der Jahre für lange Gesichter bekommen werden.

Ja, die Haut, die als Malgrund dient, die bleibt ja nicht jung. Da kommen Falten und Cellulitis und Krampfadern und Altersflecken... - am Ende kannst du die

Gemälde nicht mehr der Öffentlichkeit präsentieren, ohne Ärgernis zu erregen.

Aber soweit denken junge Menschen eben nicht. Die machen die Mode mit und denken dabei, dass die Mode für immer gilt.

Den Künstlern, die die Tattoos erschaffen, denen ist das egal.

Ja, da sind die Tattookünstler nicht anders, als andere Maler. Zum Beispiel der Neo Rauch - ein ganz berühmter Maler. Der malt aber auf Leinwand und in Öl. Dem ist allerdings auch egal, was Mode ist. Der malt für die Ewigkeit. Und wenn er Glück hat, werden seine Gemälde in allen Galerien der Welt ausgestellt. Auf dem Kunstmarkt werfen die schon jetzt Millionen ab.

Man darf sich gar nicht ausdenken, wenn ein Tattookünstler so berühmt wird, wie der Neo Rauch. Na, dann müssen die Kunstwerke zwangsläufig auch auf den Kunstmarkt und in die Museen.

Also, entweder die Tattooträger werden dann gehäutet, oder sie müssen sich leibhaftig als Exponate ausstellen und begaffen lassen. Immer solange, solange das jeweilige Museum geöffnet hat. An Feiertagen haben die dann natürlich frei und können sich was drüberziehen. Aber wenn sie irgendwann sterben... - dann bleibt nur Häutung! Das übrige geht dann an Gunther von Hagens "Körperwelten". Im Himmel werden nur komplette Exemplare angenommen - glaube ich.

Wobei – in der Kunst werden ja immer nur wenige Werke von wenigen Künstlern richtig berühmt. Wenn du bloß eines von den unbedeutenden Kunstobjekten bist und auf den Flohmärkten verramscht wirst, wie alte Fahrräder oder Suppenteller... - tja, dann ist auch Schluss mit lustig.

Dann landest du irgendwann auf der Müllhalde!

Suchen und finden

Ostern ist vorbei. Aber noch nicht ganz!

Ja, nämlich - Ostern ist eigentlich ein Fest, was mit dem Jesus zusammenhängt. Nun werden aber zu Ostern immer Eier versteckt, die die Kinder dann finden müssen. Was das mit dem Jesus zu tun hat, weiß ich jetzt nicht genau. Aber das ist womöglich auch gar nicht so wichtig. Wichtig ist, dass die Kinder ihren Spaß beim Eiersuchen haben.

Allerdings hört der Spaß auf, wenn man erfährt, dass von den zwanzig Millionen Eiern, die jedes Jahr alleine in Deutschland zu Ostern versteckt werden, ungefähr drei Millionen auf ewig weg sind. Die werden nicht wieder gefunden!

Eigentlich müsste Ostern so lange dauern, bis alle Eier gefunden sind!

Ja, drei Millionen Eier, die jedes Jahr in irgendwelchen hinterlistigen Verstecken vergammeln müssen! Und die Dunkelziffer ist hoch!

Mit den so verlorengehenden Eiern geht auch wertvolles Eiweiß und Eigelb verloren. Davon könnten ganze Völkerstämme satt werden. Geschweige von Hasen und anderen eierfressenden Lebewesen!

Aber das Versteckspiel gehört eben zum Osterfest dazu – verstecken, suchen, nicht finden!

Besonders Senioren spielen dieses Spiel ja nicht nur gerne zu Ostern mit den Eiern, sondern auch ganzjährig mit anderen Gegenständen und Lebensmitteln. Das

Spiel gehört zu den beliebtesten Freizeitbeschäftigungen älterer Menschen. Ich kenne das.

Einen speziellen Reiz besitzt das Spiel, wenn die Brille als Spielobjekt Verwendung findet. Denn eine Suche nach der Brille muss eben ohne Brille erfolgen, was den Schwierigkeitsgrad enorm erhöht und die Findungschancen stark einschränkt. Günstig ist es dann, wenn man eine Zweitbrille besitzt.

Ich nehme dann immer die Brille von meiner Gutsten. Wobei das eine Nahbrille ist, so dass ich beim Suchen fast mit der Nase an Tisch und Schrank entlang schrammen muss, um etwas erkennen zu können. Manchmal hilft mir dann auch meine Gutste. Und meistens findet sich die Brille dann an einem Ort wieder, wo die Brille nichts zu suchen hat. Kürzlich lag sie im Brotkorb.

Das ist so bei Gegenständen, die man nicht bewusst versteckt.

Wenn sich das Handy auf unbewusste Art versteckt hat, gibt es eine einfache Methode, es ausfindig zu machen. Man ruft es einfach vom Festnetztelefon aus an. Dann bimmelt es – und schwubbs kannst du es wiederfinden! Das ist so einfach, dass das Suchen gar keinen richtigen Spaß macht.

Nein, richtigen Spaß macht das Suchen erst, wenn der Gegenstand schier unauffindbar ist.

Wenn es sich dabei um Lebensmittel handelt, besteht allerdings die Möglichkeit, dass sich die Gegenstände durch ihren Verwesungsgeruch nach geraumer Zeit selbst in ihrem Versteck verraten. Das klappt sehr gut bei Camembert Käse oder Heringen.

Wenn man Eier ohne Schale zu Ostern verstecken würde, könnten übrigens auch viele verlorengegangenen Eier doch noch infolge der entstehenden Duftnote gefunden werden.

Die Schale der Eier wirkt wie die Büchse beim Hering. Hering in der Büchse verrät sich selbst nach Jahren nicht durch Geruchsausdünstung.

Ich persönlich habe beispielsweise im Küchenschrank hinter den Kompottschüsseln kürzlich eine Büchse mit Heringsfilet in Öl wiedergefunden, die sich dort sieben Jahre erfolgreich verborgen hatte. Der aufgewölbte Deckel kündete allerdings von einer gewissen Veränderung der chemischen Zusammensetzung im Inneren. Vorsichtshalber habe ich die Büchse deshalb durch einen ausgebildeten Sprengkörperbeseitigungsexperten entschärfen lassen.

Aber die Freude über den Erfolg des Wiederfindens nach sieben Jahren war doch recht groß.

Ärgerlich ist das Suchen von Gegenständen allerdings besonders dann, wenn man die Gegenstände vorher selbst an einem Ort versteckt hat, wo man den Gegenstand sofort bei Bedarf wiederzufinden hoffte. Kürzlich war ich gezwungen, meine Taschenlampe zu suchen. Ich war überzeugt, sie extra im Korridorschrank in der oberen rechten Schublade deponiert zu haben, für den Fall, dass mal das Licht weg ist. Gefunden habe ich die Taschenlampe schließlich im Schuhschrank bei den Winterschuhen.

Meine Mutter, die schon ziemlich stark mit Demenz zu kämpfen hat, spielt das Versteckspiel auch sehr oft, aber nur noch selten mit einem Happyend. Das Verstecken klappt einwandfrei, aber das Wiederfinden will ihr nicht mehr gelingen.

Wenn ich dann, in Kenntnis der Plätze, wo meine Mutter ihre Sachen zu verstecken pflegt, etwas wiederfinde, ernte ich von ihr jedes Mal größte Bewunderung. Das stärkt mir allerdings nur ganz wenig das Selbstbewusstsein. Sachen finden, wenn man das Versteck kennt, ist eben nicht sehr schwierig.

Jedenfalls ist das Verstecken-suchen-finden-Spiel nicht nur zu Ostern sehr beliebt.

Wasserkopf

In meiner Ehe mit der Elfriede, was meine Gutste ist, da ist es wie beim Film - also, die Elfriede spielt keine Rolle, die ist der Regisseur! Und ich bin der mit der großen Klappe, der nichts zu sagen hat!

Da will ich auch gar nicht drüber meckern. Das ist eben so - einer muss das Zepter schwingen, sonst wird Chaos draus!

Nein, aber auch in der Ehe zwischen Arbeitgeber und Arbeitnehmer muss es einen geben, der bestimmt - einen, der das Zepter schwingt, oder die Peitsche, sonst gibt es Drunter und Drüber! Und das ist nicht einfach für die Arbeitgeber!

Wobei, auch die Nehmer haben es nicht immer einfach. Manche haben auch einfach kein Talent zum Nehmen.

Mein Kumpel Horst zum Beispiel, der war früher auch zeitweise Arbeitnehmer. Aber irgendwie hat der den Anschluss verpasst. Wenn du dem sagst, er soll am Computer ein Programm öffnen, dann holt der einen Korkenzieher aus der Tasche.

Ja, mein Kumpel Horst ist für den modernen Ausbeutungsprozess nicht geeignet. Datev verwechselt der mit Detlev. Aber der Horst ist nicht der einzige, mit geringer Nehmerbegabung.

Man braucht ja nur mal zu gucken, was so im Arbeitsamt... also, in der Agentur für Arbeit!... was da so Tag für Tag früh hineingeht.

Was, Sie sagen - Abschaum?!

Ach, Sie meinen jetzt die Angestellten! Okay!

Nein, ich meine die Bittsteller, die da reingehen. Also, wenn Hollywood die Komparserie für den dritten Teil „Wiederkehr der Zombies" suchen würde... - äh, wie soll man das wertfrei beschreiben?

Jedenfalls - bei den Ausbeutungsfreien... äh... - also, als ich mal dort zu tun hatte in der Agentur für Arbeit... ich bin ja Arbeitnehmer bei einer Gebäudereinigungsfirma... also, da hat eine Frau im Wartebereich gesessen, die hat allen erzählt, die es nicht wissen wollten, dass sie Lotti genannt wird und dass sie wieder als Kellnerin abreiten will. Einen Umfang hatte die Lotti, da muss eine normale Gaststätte die Bestuhlung wechseln und auf Stehtische umstellen, damit die dort servieren kann. Dazu ein Gesicht wie ein Briefkasten. Wenn die gelächelt hat, hast du gedacht, die will beißen!

Nee, bei so einer Lotti da müssen sich die Arbeitsvermittler echt was einfallen lassen.

Wobei - eigentlich muss es doch auch für die Lotti irgendwo eine Stelle geben, wo die regelrecht prädestiniert dafür ist. Vielleicht die Kneipe im Knast... oder Empfangsdame in der Geisterbahn...?

Ja, auch solche Menschen wie Lotti oder mein Kumpel Horst haben ein gewisses Recht auf Ausbeutung! Man muss sich eben nur richtig um die kümmern!

Ich meine, für die Angela Merkel hat sich ja auch ein schöner Job gefunden!

Wobei... in der früheren Zeit, also vor der Wende, da sind ja solche Leute wie die Lotti und der Horst und andre Leute, die im Produktionsprozess nicht verwendbar waren... also, die sind damals nur in Ausnahmefällen in die Politik abgedrängt worden. Die meistens hat man innerhalb der sozialistischen Wirtschaft verbraten.

Jeder volkseigene Betrieb hatte da so bestimmte Posten... - in der Telefonzentrale, oder im Lager, oder in der Verwaltung... und jede Brigade in der Produktion hatte ihren Pampel, der die Baubude oder den Frühstücksraum sauber gehalten hat, und das Bier geholt hat.

Naja, und dann nicht zu vergessen, die hauptamtlichen Funktionäre von Partei, FDJ, DSF... der Wettbewerbsbeauftragte, die Frauenbeauftragte, der Jugendbeauftragte... - irgendwie wurden damals alle mit zwei linken Pfoten oder mit einem Intelligenzquotienten unter der Messbarkeitsgrenze... - die sind alle irgendwie in Lohn und Brot gewesen. Notfalls bei der Stasi!

Ja, damals hatte jedenfalls jeder volkseigene Betrieb einen ordentlichen Wasserkopf!

Meine Gutste sagt, dass die Arbeitgeber heutzutage durch einen Wasserkopf schnell baden gehen würden. Und dann absaufen!

So gesehen ist der Sozialismus wirklich stärker gewesen! Belastbarer! Bis zum Zusammenbruch!

Muttertag ist okay

Nee, es tut mir leid, aber immer beim Muttertag fällt mir zuerst der blöde Spruch ein: Wer die Mutter ehren will, sollte die Schraube nicht vergessen!

Entschuldigung!

Aber der Muttertag ist wirklich mal ein Tag, den man mit gutem Gewissen akzeptieren kann. Im Gegensatz zum Spartag oder zum Tag der Blockflöte, oder anderen solchen ähnlichen Tagen, die für irgendwas Werbung machen.

Übrigens - der Muttertag ist keine Erfindung der Werbebranche oder der Floristeninnung, so wie der Weihnachtsmann! Schon die alten Griechen in Griechenland sollen einen Mutterkult gehabt haben. Und auch die Engländer im 13. Jahrhundert hatten schon einen Muttertag, den sie "mothering sunday" genannt haben. Das hab ich im Internet rausgegoogelt.

Nein, der Muttertag ist ein Ergebnis des Kampfes der Frauen um ihre Rechte! Da waren erstaunlicherweise sogar amerikanische Frauenrechtlerinnen beteiligt. Ja, es scheint in früheren Zeiten in Amerika fortschrittliche Menschen gegeben zu haben!

In Deutschland gibt es den Muttertag offiziell ab 1922.

Nein, der Muttertag ist okay!

Jeder Mensch hat eine Mutter, die er im Laufe des Lebens nach der Abnabelung rein biologisch immer weniger braucht, aber der man eben das Leben zu verdanken hat.

Daran muss man einfach immer wieder mal erinnert werden in der schnelllebigen Zeit, wo man andauernd irgendwas vergisst. Gestern hab ich wiedermal vergessen, dass ich beim Fernsehen nicht mehr soviel Bier trinken will.

Aber was eben die Mütter betrifft, die darf man nicht so schnöde vergessen!

Gut, es war auch vorher ein Vater mit beteiligt, wenn man von einer Mutter geboren wird. Aber der Beitrag des Vaters zur Geburt ist doch relativ geringfügig. Obwohl für die Gene des zukünftigen Kindes die Vaterseite durchaus wichtig ist! Aber der Vater hat dann eben nicht so intensiv mit den Geburtsvorgängen zu schaffen.

Nicht wenige Männer hatten bei der Zeugung gar nicht im Sinn, dass da irgendwann jemand geboren werden könnte. Es ist bei den Vätern oft nur egoistische Suche nach einem sexuellen Vergnügen zu verzeichnen. Wird jedenfalls behauptet.

Und das Dabeisein bei der Geburt im Kreissaal, Händchenhalten und Mitfiebern, und am Ende womöglich in Ohnmacht fallen - auch das wertet den Beitrag des Vaters zur Geburt eines Kindes nicht wesentlich auf.

Deswegen gibt es vielleicht zu recht keinen offiziellen Vatertag.

Die Vatertage, die wir landläufig als solche bezeichnen - Himmelfahrt und 1.August - sind ja mehr ein Jux.

Zur Himmelfahrt gehen die Väter oft wandern, bis sie infolge unentwegter Löschung von Durst ihren Rausch nicht im Himmel, sondern im Straßengraben ausschlafen. Niemand kommt auf die Idee, zu Himmelfahrt dem Vater ein Blume zu schenken, die nicht auf einem Bier erblüht.

Und der 1.August wird ja nur als Vatertag bezeichnet, weil eben der Vater der erste August in der Familie ist.

August der Starke, das Urgestein aller sächsischen Väter, könnte diesbezüglich eine Ausnahme gewesen sein. Er war als König immer der erste August, nicht nur am ersten August!

Nein, Muttertag ist okay!

Wobei - ich bin mir nicht ganz sicher, ob ich am Muttertag nur meine Mutter was schenken muss, oder auch meiner Gutsten.

Ich meine, meine Gutste ist ja nicht meine Mutter. Sie ist die Mutter von meinen Kindern! Aber nicht meine!

Naja, vorsichtshalber, um größeren Schaden zu vermeiden, kriegt auch meine Gutste von mir zum Muttertag ein paar Blümchen.

Aber keine Stiefmütterchen!

Ja, Kultur ist zum Leidwesen mancher Leute keine Sache, die man sich so aussuchen kann. Kultur bestimmt und regelt schließlich alles, was mir so tun und treiben. Ob wir nun ins Bett gehen oder aufs Klo – immer ist Kultur dabei... oder eben nicht!

Und jedes Volk, jede Nation hat im Laufe der Geschichte eine eigne Kultur entwickelt. Die Religion hängt dabei auch immer schwer mit drin.

Wenn du also irgendwo hinreisen willst, wo ein anderes Volk lebt, musst du damit rechnen, dass die eine andere Kultur haben, als wir hier! Gerade, was die Klos betrifft!

Also, du musst damit rechnen, wenn du rechnen kannst!

Es gibt natürlich auch Leute, die reisen durch die Welt und bestehen darauf, dass es überall Schnitzel mit Pommes zum Mittag gibt. Die kommen gar nicht auf die Idee, dass es andre Länder mit andren Sitten gibt. Die kennen den Spruch – andre Länder, andre Titten! Aber das mit den Sitten...? - also, mit der Kultur, das wollen die nicht wahrhaben. Motto: Am deutschen Wesen soll die Welt genesen!

Ja, es gibt genug Deutsche, die sich im Ausland aufführen, als wären sie nicht Gast, sondern König!

Nein, wenn ich mit meiner Gutsten in Urlaub fahre... irgendwohin ins Ausland! – dann informieren wir uns vorher genau, was denn dort, wo wir hinfahren, Sitte ist. Ob die dort zum Beispiel dulden, dass ich mit Socken in Sandalen rumlaufe. Oder ob dort am Strand FKK erlaubt ist. Oder auch, was die für eine Sprache reden. Die wichtigsten Grundbegriffe versucht meine Gutste dann auswendig zu lernen. Zum Beispiel „Guten Tag", „bitte" und „danke", „wo ist eine Toilette?" und andere überlebenswichtige Vokabeln.

Auch was die Historie betrifft... - wir informieren uns grob. Zum Beispiel: Waren es die Spanier, die dort zuletzt Krieg gemacht hatten, oder waren es womöglich Deutsche? Im letzteren Fall ist es oft hilfreich, dort nicht so sehr laut als Deutscher aufzufallen.

Hingegen - wenn du mit einem Kreuzfahrtschiff unterwegs bist, oder wenn du in irgendeine Ferienanlage fliegst, wo sowieso kein Einheimischer mit dir in Kontakt kommt, spielt das natürlich keine Rolle.

Alles andre – auch, was die Historie betrifft, wird dir von ausgebildeten Reiseführern ausführlich dargelegt. In das linke Ohr rein, aus dem rechten wieder raus!

Nein, ich meine – wenn wir mit dem Auto so auf eigene Faust irgendwo hinfahren, und der Kontakt zu den Einheimischen, um nicht verhungern zu müssen, nicht zu umgehen ist... oder wenn du nicht nur immer im Hotelzimmer hocken willst... - also, ich meine, wenn du auf gewissen begrenzten Kontakt mit den Einheimischen angewiesen bist, dann musst du wissen, wie die ticken! Sonst gibt es schnell Ärger!

Du kannst ja von denen, die dort eben einheimisch sind, nicht erwarten, dass die wissen, was mir als Fremdlinge für Sitten haben. Und dass die dann unsre

Sitten anerkennen, oder dass die uns sogar gestatten, dass mir uns benehmen, wie „daheeme"!

Das kannst du nicht erwarten!

Und das erwarten mir auch nicht – meine Gutste und ich! Wir versuchen uns anzupassen. Wir versuchen, möglichst wenig als Fremdlinge in Erscheinung zu treten.

In einem indischen Tempel würden wir eben auch die Schuhe ausziehen und barfuß rumlaufen!

Und meine Gutste geht ja so weit, die würde in Frankreich glatt Weinbergschnecken essen!

Tja, und wenn nun welche zu uns kommen... in unser Land... und wenn die sogar für immer hier wohnen wollen... dann müssten die doch erst recht versuchen, sich hier bei uns einzupassen. Zum Beispiel Schnitzel essen! Das ist doch normal. Das müssten die doch von sich aus wollen!

Nein, also wenn ich irgendwohin auswandern wöllte, da würde ich mir vorher genau angucken, was dort los ist, wo ich hin will. Was dort Sitte ist.

Und wenn die Regierung in Berlin eine Liste rausgeben will, wo unsere wichtigsten Kulturregeln aufgelistet sind, dann ist das doch eine Erleichterung für alle, die zu uns wollen. Da wissen die gleich, was Phase ist! Und wem das dann nicht passt, der kann ja „daheeme" bleiben!

Und wenn das jetzt ausländerfeindlich klingt, dann kann ich das nicht ändern.

Verkehrte Welt

Nein, die Welt ist nicht mehr das, was sie mal war!

Gut, man kann sich nun lange und ausdauernd darüber streiten, wie sie denn mal war, und ob sie so gut gewesen ist, wie sie war. Aber so wie sie jetzt ist, da ist irgendwas verkehrt!

Jeder kehrt nur noch vor der eigenen Haustüre.

Besonders der Trump in den USA... - ein flotter Feger, das muss man zugeben! Der schwingt den Besen ohne Rücksicht auf Staubentwicklung.

Und den Dreck, den er selber fabriziert, der wird erstmal schnell unter den Teppich gekehrt.

Andre versuchen den dort wieder hervor zu kehren, den Dreck, um den dem Trump unter die Nase zu reiben. Aber das ist nicht einfach, weil der Trump einfach nicht zu bremsen ist. Ein Kehrwüterich!

Naja, sagen andre, neue Besen kehren eben gut!

Die das sagen, meinen damit vielleicht stillschweigend, dass der Schwung schon bald abebben wird; dass aus dem neuen Besen langsam ein alter Besen wird. Und dann läuft der Verkehr wieder in den alten Bahnen - rechts oder linksherum, oder eben im Kreis! Aber eben nicht mehr so wirr - hin und her! - jeder mit jedem, wie in einem Swinger-Club. Wobei ich jetzt nicht genau weiß, wie das in einem Swinger-Club ist. Aber ungefähr wird das schon hinkommen!

Und dass der Trump mit dem alten Zauberspruch zu bremsen sein könnte - "Besen, Besen in die Ecke, laufe nur die halbe Strecke!" - das glaube ich nicht. Ganz einfach, weil der Trump eben kein neuer Besen ist, sondern ein alter Drahtbesen, der auch Sahne schlagen kann.

In unseren Breitengraden müsste der ja längst in Rente sein.

Nein, das ist ein alter Besen, der aufs Alter nochmal loswirbelt. Weniger mit Elan, als vielmehr mit Altersstarrsinn und Demenz!

Interessant wird ja nun aber auch, wie die, die den Trump mal gewählt haben, wie denen das gefällt, was der jetzt macht. Ja, was macht der denn mit der Macht? Amerika zuerst!

Okay, das wollen viele! Und nebenbei - das ist ja auch ganz verständlich. Auch die deutsche Politik oder die russische Politik funktioniert nach dem Prinzip! Also... jetzt nicht - Amerika zuerst! Nein, eben entsprechend "Russland zuerst!" oder "Deutschland zuerst!"

Könnten Sie sich eine Politik vorstellen, die sagt, "Wir zuletzt!"? Das wäre ja bekloppt!

Nur eben, wir Deutschen und auch die andern, die auch zuerst an den eignen Bauch denken, und den Dreck vor der eignen Haustüre lieber den Nachbarn zuschieben, sagen das nicht so unverblümt.

Der Trump ist sozusagen rein politisch und diplomatisch ein Trampeltier - der plauzt das raus, was er denkt.

Das heißt, das meiste von dem, was er denkt, tut er nicht sagen, sondern twittern! Übersetzt ins Deutsche könnte man sagen - er zwitschert! Er zwitschert wie die Vöglein im Walde und im Felde.

Und über 330 Millionen Menschen in aller Welt, hören sich das Gezwitscher an! Ja, sobald der Trump was zwitschert, erfahren die das. Die haben das Gezwitscher sozusagen übers Internet abonniert.

Der große Erfolg, den Hitler bei den Massen hatte, war dem Radio zu verdanken. Der Volksempfänger war die Basis seiner Macht.

Die Glotze hat den Sozialismus ruiniert und dem Westen den Sieg gebracht.

Das Internet könnte nun das Medium sein, was heutzutage entscheidend ist, für Sieg und Niederlage. Wer kann mit dem Internet am besten Umgehen? Wer schafft es, über Internet die meisten Freunde und "Follower" zu finden?

Sprüche klopfen, statt argumentieren! Wer die Mehrheit hat, hat die Macht! Wahrheit interessiert niemanden.

Nun stehen hierzulande die politisch stets korrekten Edeldemokraten - von grün bis schwarz - ziemlich bedeppert da. Der Trump scheißt in das Nest der westlichen Welt. Ein Nestbeschmutzer sozusagen. Wie damals der Gorbatschow.

Aber der Gorbi mit seiner "Perestroika" und "Glasnostch", der hat ja wenigstens dafür den Friedensnobelpreis gekriegt.

Wer soll denn nun den Trump angemessen und ordentlich belohnen, für das, was er tut?

Das Nobel-Komitee ziert sich. Auch das alternative Nobelpreiskomitee will nicht einspringen. Der Papst lehnt eine Heiligsprechung zu Lebzeiten ab. Bleiben

Putin oder die Chinesen. Die haben vielleicht aus alten Zeiten noch ein paar Orden und Ehrenzeichen herumliegen, die eigentlich irgendwelchen Betonköpfen verliehen werden sollten.

Für seinen Grabsteininschrift hätte ich einen Vorschlag: Er kehrt nie wieder! Hoffentlich!

Nett bis internett

Nee, ich muss es zugeben - ich bin neidisch! Ja, und zwar bin ich auf die jungen Leute neidisch, die nie Langeweile haben, weil sie immer mit dem Handy beschäftigt sind. Also, mit der Sorte von Handy, mit der man ins Internet kommt.

Die Möglichkeiten der Zerstreuung sind wirklich sehr vielfältig. Ich habe mir das von meiner Gutsten erklären lassen. Meine Gutste ist ja in unserer Familie für moderne Technik verantwortlich - von Fernseher, über Wasch-und Spülmaschine bis zu Telefon und Computer.

Im Internet kann man nämlich, sagt meine Gutste, nicht nur "googeln" oder "ebayen", sondern man kann auch "playen", "twittern", "facebooken" oder "bloggen". Dazu kann man auf verschiedenen Diskussionsplattformen angemeldet sein und mit andern diskutieren. Über Gott und die Welt!

Man kann aber auch einfach Musik hören, oder Filme anschauen - von Western bis Porno - oder Zeitung lesen. Manche lesen auch "eBooks" - elektronische Bücher. Hin und wieder soll auch jemand das Handy zum Telefonieren oder "Simsen" benutzen

Jedenfalls muss keiner, der so ein Handy besitzt, nach einer Zeitung suchen, wenn er aufs Klo gehen will. Das Handy ist immer dabei.

Das ist ja alles ganz nett, aber was, wenn keine Verbindung ins Netz zustande kommt - vielleicht weil ein Funkloch ist oder, weil niemand "Wehlan" anbietet?

Die entsprechenden Entzugserscheinungen führen bei manchen Internetjunkies zu Wutanfällen, die bis zur mutwilligen Zerstörung der "Hardware" führen können. Wenn die... - bleiben wir beim Begriff "Internetjunkies"! - ... also, wenn diese Internetjunkies dann so völlig auf ihr Handy fixiert durch die Stadt latschen, wundere ich mich bloß immer, dass die nur selten stolpern und hinklatschen. Schöne Effekte könnte ich mir ja auch vorstellen, wenn die blindlings gegen Laternenmasten, Verkehrsschilder oder irgendwelche anderen Pfähle oder Stangen, die gelegentlich in die öffentlichen Räume hineinragen, rennen und sich die Rübe blutig rammen würden. Das passiert allerdings wirklich selten.

Leider gelingt es ihnen meistens noch rechtzeitig, einen Bogen um das jeweilige Hindernis zu schlagen.

Was meinen besonderen Neid hervorruft, ist der Brauch unter den Internetjunkies, gemeinsam zu schweigen. Kein unnötiges Gedöns. Keine überflüssige Kommunikation!

Junge Pärchen, die früher herumgeturtelt, geknutscht oder andere Dinge getrieben haben, laufen oder sitzen oder liegen heutzutage isoliert nebeneinander und frönen ihrer Sucht - surfen!

Was musste ich mich beispielsweise immer anstrengen, meine Gutste bei Laune zu halten. Dauernd musste ich mit ihr reden! Was erzählen! Oder eben mich anderweitig um sie bemühen.

Auch Familienfeiern oder andere Zusammenkünften mit der Verwandtschaft sind heutzutage für die Internetjunkies kein Problem. Sie sitzen dann friedlich in der Runde und beschäftigen sich mit ihrem Handy. Sie streiten sich nicht mit irgendwelchen Onkeln oder Tanten und drängen auch nicht auf den Abbruch der Veranstaltung.

Beim Essen verzichten sie meistens auf die Nutzung des Messers und bewerkstelligen den Verzehr der Speisen nur mit der Gabel, um das Handy nicht aus der Hand legen zu müssen.

Sicher gibt es dann doch Momente, wo auch der süchtigste Internetjunkie das Handy aus der Hand legen muss. Beim Duschen zum Beispiel. Vielleicht!

Anderseits glaubt man nicht, welche Geschicklichkeit diese Leute entwickeln, um einhändig agieren zu können. Beim Fahrradfahren, beim Naseputzen, bei Einkaufen und Bezahlen im Supermarkt... - und anderen hochkomplexen Verrichtungen.

Die Internetsucht breitet sich übrigens unentwegt aus. Von der ursprünglichen Altersgruppe nach oben und nach unten. Nicht selten sind es Rentner, die sich infizieren.

Bei den Schulanfängern muss man schon von Impfung sprechen. Sie bekommen mit der Zuckertüte die Geräte geschenkt, was dann zwangsläufig zur Herausbildung der Sucht führt.

Erfahrene Pädagogen sehen allerdings gerade in Hinblick auf Schule und Bildung in der Internetsucht eine riesige Chance. Vielleicht kann man schon in naher Zukunft den Lehrern den direkten Kontakt mit den Schülern ersparen. Man müsste die Lehrer nicht mehr den Kindern zum Fraß vorwerfen, sondern könnte sie geschickt über eine entsprechende Internetplattform präsentieren, wo sie den Lehrstoff, ohne Angst um Leib und Leben haben zu müssen, vermitteln könnten. Und letztendlich dürfte dann irgendwann das Ende der Ära von Schulen und anderen Bildungseinrichtungen bevorstehen. Wenn das keine netten Aussichten sind?!

Friede seiner Asche!

Nee, der Helmut ist tot! Das hätte ich mal nicht gedacht. Irgendwie war der doch immer wie so eine Statue, so unkaputtbar - als wie mit ewigem Leben ausgestattet. Oder wenigstens mit sieben Leben wie die Katzen. Wobei - der Helmut war ja weniger wie eine Katze, eher wie ein Nashorn. Eine gewaltige Erscheinung! Viel Speck unter der Haut!

Von zarter Seele habe ich eigentlich nie was gelesen.

Aber nein, er ist nun doch den letzten Gang gegangen, den alle gehen müssen - den Abgang!

Wobei ich ehrlich zugeben muss, damals, als der noch aktiv zugange war und regiert hat, war der mir nicht direkt sympathisch. Wenn der geredet hat, dachte ich immer, dass das, was der redet, vorher zehnmal vorgekaut und durchgenudelt worden ist. Immer alles so korrekt. Ohne Aufregung. Getragen von der Masse seiner Persönlichkeit. Der hat geredet wie Duden und Golem in einem.

Eigentlich hat der zu Leb- und Regierungszeiten geredet, als wie wenn er schon ein Denkmal ist.

Dass die Lieblingsspeise vom Helmut Saumagen gewesen ist, hat mir den menschlich auch nicht näher gebracht. Ich hab gar nicht gewusst, dass man Saumagen essen kann. Ich dachte so was kommt in die Bockwurst oder in die Weißwurst. Bestenfalls in die Sülze. Aber als Lieblingsgericht...?

Zuletzt soll er ja doch so eine Art von Alzheimer gehabt haben. Sehr vergesslich. Leicht verwirrt.

Bei einer Feier zum Jahrestag der Deutschen Wiedervereinigung wurde er als Vater der Einheit bezeichnet. Ein Reporter von der BILD hat ihn dann hinterher gefragt, ob ihm die Bezeichnung gefällt. Da hat Helmut Kohl gesagt, dass ihm die Bezeichnung schon gefällt, bloß er kann sich, wenn er der Vater sei, nicht mehr an die Mutter erinnern. Seine Hannelore kann es jedenfalls nicht gewesen sein. Die hätte sich erinnert.

Womöglich ist er ja damals fremdgegangen? Wobei - der Gorbatschow ist keine Frau. Sollte er am Ende mit Margot Honnecker...? Die Eltern der Einheit?

Naja, er wusste es nicht mehr. Auch die Margot hat diesbezüglich keine Auskünfte erteilt.

Auch bei der Spendenaffaire - Geld für die CDU - hatte ihn ja sein Gedächtnis in Stich gelassen. Er hat zwar gesagt, dass er weiß, wer gespendet hat, aber er hätte sein Ehrenwort gegeben, das nicht zu verraten. Das hat er so gesagt. In Wirklichkeit hatte er einfach vergessen, wer ihm das Geld - unsortiert in kleinen Scheinen! - rübergeschoben hatte.

Das war eine spezielle Art von Alzheimer, die in der Medizin nicht als Alzheimer, sondern als Oggersheimer bezeichnet wird. Ja, Oggersheimer - nach dem Geburtsort von Helmut Kohl.

Um sein Erbe gibt es ja jetzt in seiner Familie richtig Knatsch. So wie es sich gehört. Einer wirft der anderen Erbschleicherei vor.

Naja, das kann ich schon irgendwo verstehen. Die Frau, die nach der Hannelore kam, die der Helmut dann geheiratet hat... - die war eben so viele Jahre jünger... wobei: Auch der alte Goethe hat sich im höchsten Alter nochmal in eine Siebzehnjährige verliebt und wollte die heiraten. Vielleicht war das bei Helmut Kohl wie bei dem alten Goethe. Vielleicht standen sich Goethe und Kohl im Geiste näher als man so denkt. Und wenn Kohl auch geschriftstellert hätte, dann hätte der vielleicht den "West-östlichen Iwahn" geschrieben?

Was allerdings sein umfangreiches politisches Erbe betrifft, das hat ja die Angela schon zu seinen Lebzeiten angetreten. Die Angela ist ja so eine Art Ziehtochter vom Helmut. Ohne Helmut wäre die Angela niemals Bundeskanzlerin geworden. Geschweige CDU-Vorsitzende!

Hartnäckig hält sich die Vermutung, mit der Angela wollte sich der Helmut bei allen seinen Parteifreunden rächen, die ihn nicht leiden konnten. Aber es ist so, wie mit der Deutschen Einheit - manche Dinge, die man in die Welt setzt, kriegen eigne Beine und laufen aus dem Ruder.

Ehe für alle ?

Na, endlich! Wurde langsam Zeit! Solche überkommenen Tabus haben in unserer freiheitlichen Kultur nichts verloren. Wir haben Leitkultur!

Und seit es im Fernsehen und in der Politik so viele Schwule und Lesben gibt, die in die schwierigsten Verwicklungen verwickelt sind, weil sie sich nicht heiraten dürfen, aber wollen, findet sogar meine Gutste, dass die dürfen können müssen.

Dadurch lassen die sich dann auch viel besser erkennen, wenn die öffentlich paarweise auftreten. Die Gefahr mit solchen Leuten versehentlich in Kontakt zu kommen, wird wesentlich geringer.

Übrigens - wo im Fernseher die Meldung kam, dass die übergroße Mehrheit im Deutschen Bundestag - sogar einige CDU-Abgeordnete! - für das Gesetz "Ehe für alle" abgestimmt haben, war meine Gutste gerade in der Küche zugange. Ich bin da sofort in die Küche gerannt, um ihr das brühwarm zu vermelden. Ehe für alle! Da guckt die kurz hoch und sagt: "Dann können wir uns ja auch endlich heiraten!"

Ich frage: "Wieso?"

"Wenn "alle", dann dürfen auch Bekloppte!"

Naja, ich und meine Gutste, wir leben schon über zwölf Jahre in wilder Ehe zusammen. Also ohne Trauschein. Ohne staatliche Beischlafberechtigung! Und meine Gutste hat schon oft gesagt, dass sie eigentlich bekloppt sein muss, die ganzen Jahre freiwillig mit mir zugebracht zu haben. Aber weil das umgekehrt auch für mich gilt, sind wir trotzdem bisher ganz gut miteinander zurecht gekommen.

Nein, das hatte meine Gutste bloß so zum Spaß raus gehauen!

Wobei - weshalb die Homos eigentlich so wild darauf sind, dass sie heiraten dürfen, begreife ich nicht. Jede zweite Ehe wird doch sowieso wieder geschieden!

Wahrscheinlich geht es denen dabei bloß um Kinder, die sie eben nicht selber zustande bringen können. Jetzt dürfen sie adoptieren!

Adoptieren ist eine feine Sache. Da musst du nicht jeden verzogenen Balg nehmen. Du kannst dir die besten Exemplare raussuchen. Und die adoptierten Kinder können dann auch erben, was die Homos im Leben zusammengescharrt haben. Das ist wie in richtigen Familien. Bloß eben genetisch gesehen nützen adoptierte Kinder nichts. Homos sterben genetisch aus. Sie können ihr Homo-Gen nicht vererben. Auch wenn sie irgendwie unter Aufbietung aller Willenskräfte sich mit einem andersgeschlechtlichen Partner zwecks Vermehrung einlassen würden - nein!

Das hat die Wissenschaft raus geforscht - Homosein ist nicht vererbbar!

Aber es ist angeboren!

Ja, ganz normale Heteros können Kinder kriegen, die dann Homos sind. Das ist so. Da bringt die Natur eben immer mal was durcheinander. Epigenetisch! Völlig planlos! Das ist wie mit AIDS. Daran muss einer nicht mehr sterben, aber er wird es eben im Leben nicht mehr los.

Ganz sicher ist sich die Wissenschaft allerdings, dass Homosexualität nicht ansteckend ist.

Das ist ja auch bei Pädophilie und Sodomie so. Oder bei Polygamie! Oder bei Kannibalie!

Allerdings - wenn Pädophile jetzt heiraten, weil sie dürfen, und die wollen dann Kinder adoptieren... - ob das dann im Sinne der Kinder ist?

Bei Sodomisten ist das nicht so prekär. Wenn zum Beispiel unsre Nachbarin ihren Pudel heiratet und die sich dann einen Welpen adoptieren, entsteht kein Schaden. Oder wenn der Senner auf der Alm seine Lieblingskuh ehelicht... und die adoptieren dann vielleicht ein Murmeltier... - keine Probleme!

Oder wenn ich meinen OPEL heirate und wir adoptieren einen kleinen FIAT?

Bei Kannibalen wird es hingegen wieder sehr zweischneidig. Adoptieren die aus Liebe oder aus Hunger?

Also, wenn Sie mich fragen, da sind bei dem Gesetz eigentlich noch zu viele Fragen offen. Man sollte das Gesetz vielleicht doch erst an Ratten und Mäusen testen.

Protestverhalten

Haben Sie das auch schon mal beobachtet? Da gibt es Leute... meist jüngere Jahrgänge! - die in der Kaufhalle die vorhandenen Einkaufshilfen - Körbe oder Wagen - nicht benutzen?

Nein, ich weiß gar nicht, wie oft ich mich schon herzlich über solche Leute amüsiert habe, die in der Kaufhalle... oder Supermarkt, wie es heutzutage heißt...- also, wenn die einkaufen, aber keinen Korb oder Wagen benutzen. Das grenzt dann bei manchen an zirkusreife Balanceakte. Ab zwölf verschiedene Produkte - von Brot, Butter bis Kartoffeln - wird ja auch die Benutzung des Handys zur Akrobatik. Besonders junge Muttis, die zusätzlich ein Baby auf dem Bauch haben, entwickeln auf dieser Strecke enorme Fähigkeiten.

Dann stehen sie schließlich bepackt, leicht ins Hohlkreuz zurückgebogen, um die Last der Einkäufe etwas auf den Bauch oder das Baby zu verlagern, in der Schlange an der Kasse. Sie lassen sich nur selten anmerken, dass ihnen so langsam die Arme abzufaulen drohen.

Wenn ich vor einem solchen Einkaufskünstler in der Kassenschlange stehe, lege ich meine Posten so locker auf das Band, dass wirklich erst, wenn ich dann dran bin, Platz auf dem Band wird, damit der oder die ihre Einkaufsposten ablegen kann. Die vorlassen, kommt natürlich nicht in Frage! Strafe muss sein!

Bitte, warum nehmen die Knallkörper denn keinen Korb? Der kostet doch nichts, wenn sie schon keinen Euro für einen Wagen dabei haben.

Oder haben die vielleicht Angst, dass sie den Euro, den sie in den Wagen stecken müssten, nicht zurückbekommen?

Ist denen der Einkaufskorb zu spießig? Ja, das könnte sein.

Die Einkaufskünstler sind vorwiegend jüngere Leute, die schon rein äußerlich mit ihren Klamotten deutlich machen, dass sie ganz anders sind, als wie die anderen, die in der Kaufhalle einkaufen gehen. Die wollen sich nicht integrieren in die Einkaufsgemeinschaft.

Die wollen sich abgrenzen!

Ja, wahrscheinlich ist die Verweigerung der Benutzung einer Einkaufshilfe eine Art Protest! So, wie sich manche aus Protest auf irgendwelche Schienen legen?

Könnte sein! Protest gegen das Konsumdenken!

Protest gegen die gigantischen Einkaufsketten, die die Tante Emma-Läden in ganz Europa beseitigt haben.

Protest gegen Fleisch-und Wurstwaren, die aus der Massentierhaltung stammen?

Ja, es gibt wirklich auch im Supermarkt Dinge, gegen die man protestieren kann, wenn man will. Auch Baby- und Katzennahrung soll stellenweise mit Antibiotika konterminiert sein.

Aber mit Verweigerung von Korb und Einkaufswagen...?

Wobei - es gibt ja wirklich die merkwürdigsten Formen von Protest.

Das Legen auf Schienen ist ja besonders bei den Castor-Transporten Mode gewesen. Die Schienenleger haben sich ja dann sogar an die Schienen angekettet.

Die, die die falsche Bahnstrecke erwischt hatten, mussten dann oft tagelang warten, bis sie jemand befreit hat.

Vielleicht sollten sich die Supermarktprotestanten... oder auch Supermarktkatholiken... - nein, ohne Spaß! - ...vielleicht könnten die sich aus Protest gegen irgendwas an den Flaschenpfandrückgabeautomaten anketten?

Als eine sehr ansprechende Form des Protestes finde ich übrigens, wenn junge Frauen sich oben ohne aufstellen und mit ihren Brüsten kokettieren.

Ja, wie diese Russinnen - "Pussy Riot". Oder bei uns die Carolin Kebekus - die macht sogar "Pussyterror". Wobei - echt blankgezogen hat die noch nicht! Weder oben, noch unten.

Aber da könnte man sich für die Kaufhalle gewisse Möglichkeiten vorstellen. Frischfleischbeschau an der Wursttheke! Aus Protest natürlich!

Das würde dann auch wesentlich mehr Aufmerksamkeit erregen. Nein, Korb- oder Wagenverweigerung ist irgendwie bloß dämlich!

Immer die falsche Kasse!

Ich bin mir nicht sicher, woran das liegt... - eigentlich habe ich einen Intelligenzquotienten, der deutlich über dem von meiner Gutsten liegt! - aber wenn es darum geht, mich im Supermarkt in Richtung Kasse zu bewegen, verliere ich scheinbar jegliche Übersicht. Ich stelle mich grundsätzlich an der Kasse an, wo die Schlange zwar nicht länger ist, als bei den anderen Kassen, wo es aber immer am langsamsten vorangeht, sobald ich mich angestellt habe.

Und manchmal ist es sogar so, dass ich mich anfangs bei der Wahl der Schlange bestätigt fühlen kann, weil es schneller vorangeht, als an den Nachbarkassen, aber dann kommt der Einbruch. Manchmal erfolgt dieser Einbruch erst, wenn ich schon an die Position zwei vorgerückt bin und schon das Weiße im Auge der Kassiererin erblicken und ihr Parfüm schnuppern kann.

Also - schon so ganz kurz vorm Ziel schlägt plötzlich das Schicksal zu. Es gibt dabei im Wesentlichen sechs Möglichkeiten:

Erstens:

In der ansonsten elektronischen Kasse geht das Papier aus. Um die neue Papierrolle einsetzen zu können, muss die Kasse bis auf die Grundplatte demontiert werden. Und da die Kassiererin noch in der Anlernphase befindlich ist, gelingt der Wiederzusammenbau der Kasse erst im dritten Versuch.

Zweitens:

Die Kundin, die noch vor mir dran war und nun bezahlen muss, ist nicht mehr die Jüngste und sucht im Portemonnaie ausgiebig und zielsicher nach dem passenden Kleingeldbetrag. Am Ende der Suche fehlen doch zwanzig Cent und die Kundin zückt ihre EC-Karte. Bei der Eingabe der Geheimzahl vertippt sie sich zweimal.

Drittens:

Unter den Posten, die der Kunde bzw. die Kundin vor mir auf das Band gehäuft hat, befindet sich ein Posten, der nicht richtig gekennzeichnet ist. Der Scanner der Kasse will den Posten nicht erkennen. Nach dem siebzehnten Versuch beginnt die Kassiererin die achtzigstellige Kennzahl manuell einzugeben. Meistens gelingt das nach dem dritten Anlauf.

Viertens:

Aus unerfindlichen Gründen entscheidet der Kunde oder die Kundin vor mir, dass ein Posten storniert werden muss, weil es nicht der Posten ist, der es hätte sein sollen. Nach einem langwierigen Hin und Her bezüglich der Berechtigung der Zurückweisung des Postens durch den Kunden bzw. die Kundin, gibt die Kassiererin doch nach. Motto: Der Kunde ist König! Die Kassiererin ist nun aber nicht selbst und allein Befug, Stornierungen durchzuführen. Über ihre Mikrophonanlage bittet sie eine zweite Kollegin zur Hilfe. "Frau Müller bitte Kasse drei!"

Aber Frau Müller ist natürlich keine Rakete und benötigt für den Weg durch den Supermarkt eine geraume Zeit, wenn sie sich nicht gar im Lager aufgehalten hat.

Fünftens:

Ein bisher noch nicht in Erscheinung getretene Partnerin des Kunden vor mir taucht plötzlich auf und legt weitere zwanzig Posten, die sie geschickt auf dem Arm balanciert, auf das Band. Ihr Partner nickt mir entschuldigend zu.

Sechstens:

Der Kunde, der bereits bezahlt hat, kommt mit seinem Warenkorb vom Parkplatz zurück, und moniert die Rechnung. Nun prüft die Kassiererin die Posten der Rechnung noch einmal im Vergleich mit den Posten. die im Warenkorb liegen. Im günstigen Fall stimmt die Rechnung. Wenn nicht, dann dritt Punkt "Viertens" in Kraft: "Frau Müller bitte Kasse drei!"

In allen diesen Fällen wird man natürlich von den in den anderen Schlangen stehenden Kunden, die sich zur gleichen Zeit angestellt haben, überholt und um Längen geschlagen.

Besonders erfreulich ist übrigens, wenn man seine Warenposten längst auf dem Band ausgelegt hat und eine zusätzliche Kasse eröffnet wird. Alle, die hinter einem stehen, eilen blitzesschnell an die neue Kasse. Du bist der allerletzte! Und das setzt dann der Ungerechtigkeit wahrhaftig die Krone auf!

Ich habe es schon mit einem Wechsel des Supermarktes versucht, aber vergeblich - ich erwische immer die falsche Schlange!

Praktische Erfindung

Ein Klappfahrrad ist wirklich eine praktische Erfindung. Man kann es nämlich, wie der Name bereits sagt, zusammenklappen. Wie ein Taschenmesser. Und wenn das Zusammenklappen klappt, was nicht ganz so einfach ist, wie bei eine Taschenmesser, dann kann man das Klappfahrrad ohne Mühe in den Kofferraum eines PKW verstauen. Besonders, wenn der PKW ein Kombi ist.

Unser PKW ist ein Kombi.

Wenn man beispielsweise in den Urlaub fahren will und dort ein bisschen mobil sein möchte... - um morgens Brötchen einzukaufen. Oder Bier... Klappfahrrad einpacken und los!

Wobei man allerdings beachten sollte, wohin man in Urlaub fährt. In den Alpen macht sich ein Klappfahrrad nicht sehr gut. Meistens liegt dort der nächste Bäckerladen hinter dem nächsten Dreitausender. Auch als wir in der Toscana waren, hätten wir das Klappfahrrad glatt zuhause lassen können. Ein Klappfahrrad ist keine Bergziege!

Für Urlaub an der Ostsee hingegen, oder für Urlaub in Holland ist ein Klappfahrrad perfekt.

Der Transport eines Klappfahrrades ist allerdings nicht ganz so einfach.

Als wir dieses Jahr nach Nordfriesland in Urlaub wollten - die Gegend schien uns flach und klappfahrradfreundlich zu sein! - holte ich also unser Klappfahrrad aus seinem Kellerdomizil ans Tageslicht, um es dann im Kofferraum zu verstauen. Das will gekonnt sein!

Ein Klappfahrrad ist von seiner Konstruktion her, der sperrigste Gegenstand, den man in einen PKW einladen kann. Sperriger als wie eine mit Stacheldraht umwickelter Rollator.

Unter Aufbietung all meiner Ladekünste, die ich mir in jahrzehntelanger Übung angeeignet habe, lud ich also das Klappfahrrad geschickt in den Kofferraum, und zwar so, dass außerdem auch noch Platz für einige Koffer blieb.

Meine Gutste hat mich ausdrücklich gelobt. Ich möchte allerdings niemals ein Klappfahrrad in den Kofferraum einer Limousine einladen müssen.

Am Urlaubsort haben wir zuerst die Koffer und Taschen ausgeladen. Während sich meine Gutste dann mit dem Verstauen aller Utensilien im Ferien-Bungalow beschäftigte, nahm ich mir das Klappfahrrad vor.

Es hatte sich während der Fahrt im Kofferraum eingerüttelt und mit den Campingstühlen, die unter dem Klappfahrrad lagen, verkoppelt. Mit zwei kleinen Schrammen am Heck unseres PKWs verlief der Entladevorgang trotzdem einigermaßen glimpflich.

Das Entklappen des Klappfahrrades verlief dann etwas schmerzhafter. Eine blutige Schramme am Schienbein hätte ich vielleicht vermeiden können, wenn ich lange Hosen angehabt hätte. Oder wenn ich Schienbeinschützer getragen hätte. Aber ich hatte wegen der hohen Tagestemperatur die kurzen Hosen an. Die Schienbeine völlig ungeschützt.

Nun klappt sich ein Klappfahrrad nicht einfach und geradewegs auf. Das Vorderrad mit der Lenkstange muss man schräg nach oben und gleichzeitig nach außen klappen. Die Rolleigenschaft der Räder destabilisiert diesen Prozess erheblich. Die Pedale wirken sich für diesen Vorgang ausgesprochen nachteilig aus. Ebenso der Sattel und die Bowden-Züge, die sich um den Rahmen ranken. Die Schnellspannverschlüsse, mit denen man dann an den Klappgelenken den Rahmen fixiert, erforderten auch ihren Tribut. Ich quetschte mir gehörig die Hautfalte zwischen Daumen und Zeigefinger der rechten Hand. Es bildete sich eine deftige und vorzeigbare Blutblase.

Dann stand das Klappfahrrad fahrbereit vor mir. Es empfahl sich lediglich noch eine kurze Probefahrt. Also - linker Fuß auf die linke Pedale, mit rechts das Rad leicht in Fahrt bringen und dann das rechte Bein über den Sattel schwingen... - doch da zeigte sich, dass der Sattel viel zu hoch eingestellt war. Mein rechtes Bein kollidierte mit dem Sattel. Ich kippte demzufolge nach links. Als ich den rechten Fuß zum Abfangen des Sturzvorganges nach außen stellen wollte, blieb ich irgendwie hängen. Der Sturzvorgang setzte sich ungehindert fort und ich landete hart auf der linken Schulter. Der Weg vor unserem Bungalow war ungefähr so breit wie ich hoch bin.

Am Ende des Urlaubes, klappte ich das Klappfahrrad wieder zusammen und verstaute es - mit immer noch schmerzender Schulter - geschickt im Kofferraum. Außer der missglückten Probefahrt hatten wir es nicht zum Einsatz gebracht. Die Geländestruktur unseres Urlaubsortes war ausgesprochen steilhügelig und es regnete viel.

Zu Hause zurückgekehrt wanderte das Klappfahrrad in zusammengeklappten Zustand wieder in den Keller. Eine sehr praktische Erfindung!

Dreck macht fett

Den Spruch, dass Dreck fett machen würde, den hatte ich schon mal gehört. Ich dachte, das wäre so eine gewisse Überspitzung. Das wäre so ein kleiner Hieb gegen übergroße Reinlichkeit. So ein Stich gegen den Hygienewahn in Deutschland.

Und nun lese ich in der Zeitung, dass die Wissenschaft herausgefunden hat, dass das kein Spruch ist, sondern nackte Tatsache: Dreck macht fett!

Dreck an sich ist ja - rein wissenschaftlich gesehen - auch Materie, bloß am falschen Fleck.

Ohne Dreck wäre manche Hausfrau eine sinnlose Existenz.

Aber nicht jede Sorte Dreck macht fett. Genauer müsste man vom Dreck in den Wohnungen der Menschen reden. Vornehmlich, was man mit Staub bezeichnet.

Staub ist jene graue, mehr oder weniger dicke Dreckschicht, die sich auf allen, so wie auch unter allen Gegenständen einer Wohnung bildet. Die Dicke der Staubschicht ist alleine abhängig von der Zeitdauer, die man dem Staub lässt, sich abzusetzen. Hergestellt und aufgewirbelt wird Staub durch die mannigfaltigsten Betätigungen der in der jeweiligen Wohnung lebenden Menschen. Staub entsteht beim Kratzen der Kopfhaut, beim Bettenschütteln, beim Niesen, beim Schuhputzen, beim An-und Ausziehen, beim Geschlechtsverkehr und bei anderen gymnastischen Übungen auf dem Teppich. Staub entsteht immer dann, wenn verschiedene Körper gegeneinander Reibung erzeugen.

Der Abrieb wird zum Staub. Fusseln, Schuppen, Haare und Mikroorganismen vereinigen sich zu neuer Konsistenz.

Um den Staub zu beseitigen, gibt es viele verschiedene Strategien. Staub, der sich in Kleidung und Wäsche einnistet, wird in der Waschmaschine schnell und problemlos vernichtet. Aber viele Wohnungsgegenstände wollen einfach nicht in die Waschmaschine hineinpassen.

Das Aufwirbeln des freien Staubes mittels Staubwedel ist wenig nützlich. Für den Bereich der Fußböden und Polstermöbeln sind Staubsauger die beste Empfehlung. Mittlerweile gibt es auch führerlose Staubsaug-Roboter, die die Bodenflächen emsig und gründlich vom Staub befreien, ohne dass ein Mensch eingreifen muss. Für die Flächen auf Kommoden, Schränken und Tischen müssen nach wie vor Staublappen verwendet werden. Die Absturzgefahr für die Staubsaug-Roboter ist zu groß.

Aber wo ist die Stelle, wo der Staub zum Fettmacher wird?

Der Staub wird zum Fettmacher, wenn er vom Menschen über die Atemwege aufgenommen wird.

Denn im Staub befinden sich Substanzen, die menschliche Fettzellen zum Wachstum anregen können. Unter diesem Aspekt erscheint das Aufwirbeln des Staubes mittels eines Staubwedel s als regelrecht verwerflich. Es sei, jemand will gerne etwas fetter werden. Vielleicht bei Magersucht oder Bulimie zu empfehlen.

Beim Staubsaugen ist wichtig, dass die Filtersysteme im Staubsauger den Staub festhalten und nicht hinten wieder hinausblasen. Die meisten handelsüblichen Staubsauger erfüllen diese Mindestanforderung und stellen damit die günstigsten Staubbekämpfungsmittel dar.

Der altehrwürdige Staublappen ist nur mit Einschränkungen zu empfehlen, weil gewisse Staubaufstiebungen nicht gänzlich vermeidbar sind.

Die günstigste Methode, den Staub nicht aufzuwirbeln und dann inhalieren zu müssen, ist das berühmte "sich aus dem Staube machen"!

Wenn man dem Staub auf, hinter und unter den Gegenständen seinen Frieden lässt, kann er seine fettmachenden Potenzen nicht zur Wirkung bringen.

Der Umzug in eine andere Wohnung ist nach geraumer Zeit der Staubbildung allerdings nur dann sinnvoll, wenn die neue Wohnung vorher gründlich entstäubt wurde. Immer zu bevorzugen sind Neubauwohnungen! Stauballergiker können versuchen, die Umzugskosten über ihre jeweilige Krankenkasse abzurechnen.

Das Tragen von Atemschutzmasken kann auch hilfreich sein, wobei jedoch durch den notwendigen Verzicht des Tragens beim Essen, Trinken, Rauchen und Knutschen die Wirksamkeit der Schutzmasken erheblich vermindert wird.

Der Kampf gegen den Staub ist jedenfalls so ewig und nichtgewinnbar wie der Kampf gegen die Dummheit.

Fahrradunfall – 1. Teil

Ich bin wirklich ein höflicher Mensch. So als Mann.

Das kann meine Gutste bestätigen, wenn man sie fragen würde.

Natürlich gibt es manchmal so kleine Ausrutscher, wo ich mal ausraste. Das liegt dann an meinem Temperament. Meine Gutste sagt, ich bin ein Choleriker. Dabei trink ich gar keine Chola!

Jedenfalls - ich bin immer höflich und zuvorkommend. Besonders natürlich dem weiblichen Geschlecht gegenüber. Das fängt bei meiner Gutsten an und endet auch bei meiner Schwiegermutter nicht völlig.

Aber auch dem männlichen Geschlecht gegenüber zeige ich Toleranz und Höflichkeit. Vielleicht nicht ganz so intensiv, weil ich eben mehr auf dem weiblichen Geschlecht stehe, als wie auf dem männlichen.

Ich bin - offen gestanden - immer noch hetero.

Aber das hat eigentlich mit dem Unfall, der mir widerfahren ist, nur am Rande zu tun. Obwohl er nicht direkt absolut geschlechtsneutral war - der Unfall. Mein Unfallpartner war schließlich eine Frau.

Also, vorigen Sonntag bin ich nach dem Frühstück auf mein Fahrrad gestiegen. In bester Absicht, mir etwas Bewegung zu verschaffen und etwas für die Gesundheit zu tun. Wer rastet, der rostet!

Da ich aber nicht mehr der Jüngste bin, fahre ich immer sehr vorsichtig, damit ich keinen Unfall baue. Speziell meine linke Hüfte verträgt keinerlei spontanen und hektischen Bewegungen, wie sie bei einem Fahrradunfall aufzutreten pflegen. Das weiß ich aus jahrzehntelanger Praxis.

Also, immer schön vorsichtig. Immer mit einem Auge nach hinten, ob da nicht jemand herangebraust kommt, um mich über den Haufen zu schupsen. Nach vorne hat man ja die Gefahren automatisch besser im Blickfeld. Bei jeder Kurve fahr ich ganz rechts, für den Fall, dass ein anderer Radfahrer tollwütig um die Ecke gefegt kommt.

Ja, ich rechne immer mit gegnerischen Radfahrern! Der größte Feind des Radfahrers ist bekanntlich der andere Radfahrer!

Autos und Fußgänger sind dagegen relativ harmlos. Die halten meistens einigermaßen die Verkehrsregeln ein. Der Radfahrer hingegen bewegt sich wie im gesetzeslosen Raum.

Von wo und wann ein Radfahrer auftauchen kann, ist nicht zu berechnen. Da helfen keine roten Ampeln und auch Fahrradwege sind für die Katze.

Dieses Wissen immer im Hinterkopf tragend, fahre ich also auch vorigen Sonntag besonnen und vorsichtig auf dem Radweg rechts der Straße vorschriftsmäßig Richtung Innenstadt.

Alle hundert Meter steht am Radweg ein sogenanntes Stadtmobiliar.

Ja, ein Plakatkasten, der nachts leuchtet.

Aber es war ja Sonntag vormittags. Die Bikinimädchen waren auch ohne Beleuchtung tadellos zu erkennen. Durchaus erfreuliche Erscheinungen!

Jedenfalls ist der Radweg immer da, wo so ein Werbekasten steht, nur halb so breit, wie sonst.

Ich fahre also gerade wieder auf eines dieser Hindernisse zu, erfreue mich an dem Motiv, da sehe ich, dass mir aus der andern Richtung ein Radfahrer entgegenkommt. Ich schätze in Bruchteilen von Sekunden ab, dass wir uns genau auf Höhe des Webekastens, wo der Radweg nur halb so breit ist, treffen könnten. Und da ich, wie gesagt, auch gegenüber dem männlichen Geschlecht rücksichtsvoll bin, beschließe ich kurzentschlossen, dem entgegenkommenden Radfahrer den Radweg zu überlassen, und dem Werbekasten rechtsherum auf dem Fußweg auszuweichen. Dem Beschluss folgte die Tat.

Im Ergebnis der Tat stieß ich ungebremst mit einer Radfahrerin, die hinterm dem Werbekasten hervorschoss, zusammen.

(Fortsetzung folgt)

Fahrradunfall – 2. Teil

Was bisher passierte:

Ich war mit dem Fahrrad unterwegs. Am Radweg standen alle hundert Meter Werbekästen, die den Radweg etwas einengten. Als ich bemerkte, dass ein mir entgegenkommender Radfahrer mir wahrscheinlich genau auf Höhe des Werbekastens begegnen wird, beschloss ich aus purer Höflichkeit nach rechts zur anderen Seite des Werbekastens auszuweichen und dem anderen den Radweg zu überlassen. Dem Beschluss folgte die Tat.

Wenige Meter vor dem Kasten biege ich also nach rechts ab, damit der Gegenfahrer freie Bahn hat - und ramme mit voller Wucht ungebremst mit einer Radfahrerin zusammen, die rechts hinter dem Werbekasten hervorschießt.

Die Radfahrerin war, wie sich später herausstellen sollte, die Frau des entgegenkommenden Radfahrers. Die beiden waren nebeneinander gefahren. Die Frau fuhr im toten Sichtwinkel des Werbekastens.

Mein Körper schleuderte infolge des Zusammenpralls gegen den Werbekasten mit den Bikinimädchen. Meine Unfallpartnerin flog mit einem sauberen Salto auf die Wiese neben dem Fußweg. Mitte vierzig, schätzte ich sie altersmäßig. Sie war blond.

Das soll jetzt gar nicht in die übliche Richtung der Blondinen Witze gehen - nur damit man sich ein Bild machen kann.

Also, blonde lange Haare, sportlich, schlank, trotzdem nicht schlecht gebaut. Ihr Mann, eher ein rundlicher Typ mit gelichteter Haarpracht, hatte gewisse Ähnlichkeiten mit mir.

Er stand neben dem Werbekasten, hielt sich an seinem Fahrradlenker fest, und versuchte zu verstehen, was passiert war. Sicher erlebt er es auch nur selten, wie seine Frau von einem anderen Mann unsanft ins Gras geschmettert wird.

Ich lag zu Füßen des Werbekastens, der keinen Kratzer abbekommen hatte, mit schmerzverzerrter Hüfte und einem Fahrrad, dessen Geometrie irgendwie verkrümmt wirkte. Fast wie ein abstraktes Kunstwerk!

Meine Unfallpartnerin lag auf der Wiese neben dem Fußweg und hatte sich mit einem Fuß in den Speichen des Hinterrades verfangen, während das Vorderrad eine sehenswerte "acht" darbot. Die Frau war augenscheinlich noch am Leben, guckte aber wie ein erschossenes Kaninchen. Ich vermute, dass ich nicht wesentlich fröhlicher dreinschaute.

Wir alle drei schauten uns nun gegenseitig an und überlegten übereinstimmend, zu wem man lauthals und mit Inbrunst "Rindvieh!" sagen könnte.

Wahrscheinlich kamen wir alle drei zu dem Schluss, dass es höhere Gewalt gewesen war. Keiner hatte Schuld. Der Rest würde eine Frage der Versicherung sein.

Aber ich muss gestehen, dass ich mich bis heute doch eines gewissen Maßes an Schuldgefühl nicht erwehren kann. Wäre ich nicht so ein ausgeprägt höflicher

Mensch, dann wäre ich nicht nach links ausgewichen, sondern hätte den entgegenkommenden Radfahrer gezwungen, mir meine mir zustehende Vorfahrt zu gewähren.

Nein, Höflichkeit zahlt sich nicht immer aus. Höflichkeit ist eine Zier, doch besser fährst du ohne ihr!

Es bleibt allerdings die Frage offen, ob der Entgegenkommer wir wirklich Vorfahrt gewährt hätte, wenn ich nicht ausgewichen wäre. Womöglich hätte er es mutwillig auf eine Karambolage ankommen lassen? Er hatte so einen typischen Radfahrerblick!

Und bei anderen Radfahrern weiß du nie, was sie an Hinterlist aufbieten können. Ich kann nur noch einmal widerholen:

Der schlimmste Feind des Radfahrers ist der andere Radfahrer!

(Fortsetzung folgt)

Fahrradunfall – 3. Teil

Was bisher passierte:

Ich war auf einer Fahrradtour mit einer Radfahrerin, die plötzlich hinter dem Werbekasten hervorgeschossen kam, ungebremst zusammengeprallt. Beide Fahrräder waren Schrott.

Ich komme von diesem Ereignis nicht los, weil ich noch immer Schmerzen im Hinterteil habe und nicht ordentlich gemütlich sitzen kann. Infolge des Zusammenpralls mit der blonden Frau habe ich mir wahrscheinlich den Steiß nicht nur verrenkt, sondern womöglich geprellt. Vielleicht hätte ich doch zum Arzt gehen sollen, aber dafür waren meine Beschwerden nun auch wieder nicht heftig genug. Doch sie wollen einfach nicht weggehen. Seit vier Wochen kann ich nicht richtig sitzen. Ich muss beim Sitzen noch immer so sitzen, dass ich mehr auf den Oberschenkeln, als auf den Backen sitze. Wenn ich die Backen zu sehr belaste, wird der Steiß gereizt und protestiert. Das tut dann unangenehm weh!

Ja, die Beschwerden bei einem Oberschenkelhalsbruch können nicht viel schlimmer sein!

Wobei - Oberschenkelhalsbruch hatte ich noch nie. Aber was man eben so hört... - ach, wissen Sie überhaupt, wie der Japaner zu Oberschenkelhalsbruch sagt? Knicki-knacki-nah-bei Sacki!

Wie würde der Japaner eigentlich zu meiner Steißprellung sagen? Vielleicht - Prelloplexus-nah-Podexus? Nee, das klingt mehr wie Lateinisch! Oder Griechisch? Egal! Jedenfalls ist Steißprellung kein Spaß. Sitzen ist eine Strafe. Liegen geht allerdings. Aber gehen Sie mal in eine Kneipe und legen sich dort hin?

Oder beim Autofahren? Da sieht man ja im Liegen die Straße gar nicht mehr!

Oder beim Fernsehen! Wobei - da kann ich mich natürlich problemlos auf dem Sofa lang machen und bequem gucken. Das ist nicht das Problem. Aber wenn ich aufstehen muss, um mir ein Bier zu holen, oder wenn ich aufstehen muss, um das Bier wieder wegzuschaffen - auf die Toilette -, dann meldet sich mein Steiß.

Für den Vorgang des Bierholens kann ich natürlich auch meine Gutste einspannen, aber fürs Wegbringen bleibt mir naturgemäß nichts übrig, als mich selber zu bemühen.

In Folge dieser Problematik habe ich in den letzten Wochen meinen Bierkonsum beim Ferngucken erheblich reduziert.

Meine Gutste meint, dass das eine sehr begrüßenswerte Nebenwirkung einer Steißprellung wäre. Ansonsten - Mitgefühl kennt sie nicht!

Ja, auch als der Unfall noch ganz frisch war und ich leidgeprüft mit schmerzenden Steiß und zerschunden nach Hause zurückkam, hat sie mich nur kalt und mitleidlos ausgefragt, was denn passiert ist. Ich kam mir vor, wie ein Verbrecher, der im Kreuzverhör seine Untat zugeben soll.

Am Ende, als ich den gesamten Vorgang erschöpfend dargelegt hatte, sagte meine Gutste - ohne mich erst einmal gebührend bedauert zu haben -, dass mir das zurecht passiert sei. Sie hätte mir schon tausendmal gesagt, dass ich mir endlich einen Fahrradhelm kaufen soll!

Fahrradhelm?

Ich habe geduldig nochmals erläutert, dass ich mir den Steiß und nicht den Kopf geprellt hätte. Da hat sie wegwerfend gesagt, dass das egal ist! Selbst der ADAC würde Fahrradhelme empfehlen.

Kein Mitleid!

Ja, und immer wenn ich also von meinen Schmerzen überwältigt leise stöhnen muss, - zum Beispiel, wenn ich mich vom Sofa hochhieve, um das Bier zur Toilette zu bringen,- kommt von ihr der Hinweis: "Vergiss nicht, dass du dir einen Helm kaufen willst!"

Kaufen willst!

Ja, so sagt sie. Dabei denke ich gar nicht daran, zu wollen! Erstens kann ich Helme nicht leiden - schon als ich damals bei der Fahne war! -, und zweitens: Ich habe Steißprellung, keine Kopfprellung! Basta!

Womöglich AfD?

Ehrlich, wenn ich meine Gutste nicht hätte und dazu ein paar Jahre jünger wäre, dann hätte es können sein, dass ich bei der Bundestagswahl auch AfD gewählt hätte. Ja, dann wäre ich einer von den knapp 30 Prozent Sachsen, die AfD gewählt haben. Dann wäre ich einer von den Männern, die aus Verzweiflung sich nicht anders zu helfen wussten. Die Mehrheit der AfD-Wähler sind ja verzweifelte Männer!

Und zwar normale Männer. Also, Männer, die eine eigene Frau haben wollen.

Aber die Frauen in Sachsen sind mittlerweile Mangelware, obwohl in jedem Jahrgang seit Jahrzehnten immer ungefähr gleichviel männliche und weibliche Menschenkinder auf die Welt kommen. Und eigentlich müsste dann auch für jeden Mann eine Frau da sein. Aber das ist blanke Theorie! Die Demografie ist völlig durcheinandergekommen!

Seit der Wende sind schon soviel Frauen - speziell eben junge Frauen - in die alten Bundesländer abgewandert, dass auf hundert junge Männer bloß noch fünfundsiebzig junge Frauen kommen. Die Abwanderung ist so unaufhaltsam wie die Krötenwanderung. Weil die jungen Frauen eben im Westen leichter Arbeit finden. Und auch Männer mit reichlich Kröten!

In zehn Jahren soll das Verhältnis zwei zu eins! Ja, eine Frau für zwei Männer!

Gut für die Frauen ist das vielleicht ganz angenehm - Motto: Nimm zwei! - aber für die jungen Sachsen?!

Gut, verstärkt bemühen sich auch die Sachsen, sich diesem Gerangel um die Frauen zu entziehen. Lieber Homo als gar keinen Sex! Aber es sind zahlenmäßig einfach zu wenige. Drei Schwule machen noch keine Hitzewelle!

Und nun kommen also die Ausländer dazu - die Migranten! Und das sind vorwiegend Männer! Junge Männer! Heißblütige Araber! Wie eine Jungbullenherde!

Die arabischen Männer, die aus ihren Heimatländern abhauen, hauen übrigens auch deshalb ab, weil in ihrer Heimat nicht genug Frauen vorrätig sind. Es gibt auch andere Fluchtgründe... manchmal sogar politische.. oder religiöse... - aber jedenfalls spielen die Frauen eine große Rolle.

Der Frauenmangel in vielen islamischen Staaten hängt nun wieder damit zusammen, dass sich die Reichen mehrere Frauen leisten können. Zwei, drei... ein Dutzend... nach oben gibt es keine Grenze. Und dann reicht es eben nicht für alle!

Verschärfend kommt hinzu, dass für jeden islamischen Märtyrer zweiundsiebzig Jungfrauen ins Paradies abkommandiert werden müssen, um den Märtyrer zu verwöhnen. Das hält die stärkste Demografie nicht aus!

Für die Situation mit dem Frauenschwund in Deutschland können die Migranten allerdings erst mal nichts, aber sie greifen natürlich in den Kampf um die Frauen ein. Der Markt wird zum Schlachtfeld!

Und wie stehen denn da nun die Chancen?

Hier - die arabischen Männer... - schwarzhaarig, braungebrannt, dunkeläugig, heißblütig... Nichttrinker...

Da - der normale, wohltemperierte, schwachpigmentierte sächsische Blasshans! Meistens leicht alkoholisiert. Der kann nicht mithalten. Die wenigen vorhandenen Sächsinnen wählen gnadenlos die Partner mit den besseren Genen aus. Das ist evolutionsgeschichtlich völlig normal. Frauen handeln immer im Sinne der optimalen Voraussetzungen für die Aufzucht der Brut.

Der sächsische Mann ist chancenlos! Und darum will er keine Flüchtlinge hereinlassen in Sachsen. Und da ist eben bloß die AfD auf seiner Seite.

Nein, was bin ich froh, dass ich meine Gutste habe! Über dreißig Jahre hab ich sie nun schon. Und ich glaube, da wird sie mir wohl auch keiner mehr wegnehmen wollen!

Oder?

Mittelmeer

Ich und meine Gutste - wir sind diesen Sommer im Mittelmeer gewesen. Oder besser gesagt - auf dem Mittelmeer. Ja, eine Kreuzfahrt kreuz und quer durchs Mittelmeer!

Oder, man hätte auch sagen können - eine Querfahrt quer und kreuz übers Mittelmeer. Egal. Es war jedenfalls wie auf der Flucht.

Nachdem die Busfahrt bis Genua noch relativ eintönig war, ging es dann los. Mit kleinem Sturmgepäck vom Bus auf das Schiff. Der Kampf um die besten Startplätze begann. Ein Gedrängel!

Und dieses Gedrängel gab es dann jedes Mal - beim Einschiffen, beim Ausschiffen, beim Buseinsteigen, beim Aussteigen, beim Einchecken im Hotel, beim Auschecken... - ich war bei allen diesen Aktionen meistens der Erste, flankiert von meiner Gutsten,

Auch beim Abendessen, oder beim Frühstück... - wenn du nicht rechtzeitig am Buffet warst, konnte es durchaus passieren, dass die Salami schon alle war.

Es gab zum Frühstück in den Hotels immer auf unsere Reisegruppe abgezählte Rädchen Salami, Käsescheiben und Schinken. Mit Marmelade und Butter wurde nicht ganz so geknausert. Der Kaffee reichte am Ende auch immer für alle, aber nur die ersten mussten nicht so lange warten. Erstaunlich übrigens, dass auch italienische Hotels an die große Überlandleitung für Frühstücks-Muggefuck angeschlossen sind.

Jedenfalls waren die zwölf Tage Kreuz-und Querfahrt ein unentwegter Stress. Na, wenn du dich andauernd gegen achtundvierzig Mitreisende behaupten musst! Hoho!

Und dann gab es noch die internen Reibereien mit meiner Gudsten. Beim Einziehen in die Kabine auf dem Schiff, oder beim Einziehen in das Hotelzimmer... es fehlte immer mindestens drei Haken, wo man irgendetwas hätte aufhängen konnte. Meistens im Bad. Das heißt, man konnte eben an den fehlenden Haken nichts aufhängen! Und nun hatten wir aber jede Menge Sachen, die wir aufzuhängen hatten. Meine Gutste ungefähr doppelt so viel wie ich. Und es nützte mir in der Hakenfrage nichts, wenn ich der erste und schnellste war. Ich musste die eroberten Haken wieder räumen.

Dann noch die ständig neu auftauchende Frage, ob wir die Gardinen zuziehen oder auflassen sollten. In diese Frage ist auch die Fensteroffenhaltung integriert. Meine Gutste will immer zuziehen und zumachen. Ich will immer möglichst auflassen. Entscheidendes Kriterium für die Entscheidung ist das Gegenüber. Ob jemand reingucken kann. Mir ist das erstens Mal ziemlich piepe und zweitens hat man gerade in den Schiffskabinen eigentlich von Natur aus kein Gegenüber. Aber meine Elfriede ist in der Gardinenfrage ziemlich zäh. Es könnte ja ein Schiff vorbeifahren... oder dann im Hafen...

Da die Öffnung der Schiffskabinenfenster rein technisch nicht möglich ist, stand beim Einschiffen allerdings nur die Gardinenfrage zur Debatte.

In einem normalen Urlaub in einer Ferienwohnung oder einem Hotelzimmer einigen wir uns dann ja auch meistens auf ein Verfahren zur Gardinen-und Fensteroffenhaltung, beziehungsweise Schließung. Aber auf dieser Kreuz-und Querfahrt gab es das Gardinenproblem jeden Tag aufs Neue! So hatten wir also wenig Langeweile.

Bei einer Übernachtung auf einem Fährschiff konnten wir in unserer Kabine hautnah erleben, wie es sein muss, wenn man in einer Waschmaschine schläft.

Ansonsten waren wir in Rom, auf Sardinien, auf Korsika, auf Sizilien... wir haben Neapel sterben sehen...

Goethe soll ja damals gesagt haben: Neapel sehen - und dann könne man sterben!

Nein, wir haben mehr zum Weiterleben geneigt. Neapel schien nicht mehr zu retten zu sein.

Hingegen war ich von Sizilien überrascht. Alles schnieke! Frischgemalerte Häuser, sauber alles, gepflegte Orte... grandiose Landschaft... alleine der Ätna!

Von der MAFIA haben wir aber rein äußerlich nichts gemerkt. Scheint aber eben doch besser zu funktionieren, als die COSA NOSTRA in Neapel!

Und - das muss noch gesagt werden - ob in Italien, Neapel oder Sizilien - alle Gaststätten, egal ob mit zehn oder hundert Plätze, haben nur eine Toilette. Und die manchmal auch noch für beiderlei Geschlechter!

Und weil ich gerade bei italienischen Sanitäreinrichtungen bin - in der Antike hatten die dort teilweise Kollektivtoiletten. Bis zu zwölf Zylinder nebeneinander und mehr! Und alles in Stein. Und besonders empfindliche Leute hatten dann, weil der Stein eben kalt ist, einen Vorsitzer. Ja, die hatten einen, der den Stein vorwärmen musste. Einen Vorsitzenden!

Ein Vorsitzender ist also einer, der sich für einen anderen einen kalten Hintern holt!

Ich grüße alle Vorsitzenden der Welt - wärmt vor!

Luftpumpen

Meine alte Luftpumpe hatte einfach keinen richtigen Zuck mehr. Ich konnte pumpen und pumpen, die Reifen sind einfach nicht ordentlich hart geworden! Mit der Pumpe war Pumpe!

Und harte Reifen sind wichtig! Der Fachmann weiß: Weiche Reifen - viel Reibung! Harte Reifen - wenig Reibung!

Deswegen hatte ich beschlossen, mir eine neue Luftpumpe zu kaufen. Meine Gutste hatte die Investition abgenickt.

Nun denkt man gemeinhin, dass heutzutage Luftpumpen ihrer Bestimmung entsprechend Luft dorthinein pumpen, wo Luft hinein muss. Da wird schon die EU in Brüssel darauf aufpassen, denkt man. Die passen ja auf alles auf, was in der EU fabriziert wird. Sogar darauf, was die Gurken für eine Krümmung haben!

Nun hatte ich mich aber in den letzten Jahren nicht für den Fortschritt bei der Luftpumpenherstellung interessiert. Ich hatte ja eine funktionierende Pumpe. Aber Wissenschaft und Technik schreiten unentwegt voran. Überall - ob in der Weltraumfahrt, bei den Handys, bei den Autos... - ja, es gibt schon Autos, die ohne Fahrer fahren können.

Mal abgesehen davon, dass ich nicht verstehe, wieso ich ein Auto brauche, wenn ich nicht mehr drinsitzen muss. Soll das Auto denn ohne mich in den Urlaub fahren? Blödsinn!

Autofahren ohne Fahrer - das ist ja wie Saufen ohne Alkohol!

Ja, jedenfalls tut die Wissenschaft und die Technik laufend solchen Humbug entwickeln. Alles wird mit Hightech vollgestopft - Hightech, Heidegger, Heidewitzka!

Auf der anderen Seite gibt es Bereiche des Lebens, die werden von der Wissenschaft glatt vergessen. Das sind Bereiche, wo vor hundert Jahren das letzte Mal ein Wissenschaftler darüber nachgedacht hat. Seither gibt es da keine Entwicklung mehr. Zum Beispiel Klobrillen!

Ich habe noch keine Klobrille erlebt, die fest und ohne zu wackeln auf der Porzellanschüssel sitzt und die sich ohne akrobatische Verrenkungen bei Lockerung wieder festschrauben lassen würde. Alleine die Absturzgefahr müsste eigentlich die EU-Richtlinien-Verantwortlichen auf den Plan rufen. Aber nein - Klobrillen wackeln und keiner kümmert sich drum!

Oder Gullideckel!

Gullideckel, die einer gewissen Verkehrsbelastung ausgesetzt sind, senken sich ab. Alle zwei Jahre werden sie dann angehoben und senken sich anschließend wieder ab. Wie viele Achsen, Federn und Spurstangenköpfe zwischenzeitlich den finalen Treffer erhalten, weiß niemand!

Oder Korkenzieher! Oder Schuhanzieher! Wissenschaftlicher Stillstand pur!

Ich war also sehr gespannt, was sich auf dem Luftpumpensektor entwickelt hat. Oder nicht?

Im Supermarkt gab es mehrere Sorten von Luftpumpe. Von einem Fahrradfachgeschäft hatte man mir abgeraten, weil man dort Luftpumpen zum Preis von Klimaanlagen bekommen könne.

Die Luftpumpen im Supermarkt sahen ja dann auch aus, wie Luftpumpen auszusehen haben. Ich habe natürlich die genommen, die am billigsten war. Die hat nicht einmal den Einkaufsvorgang überlebt. Der kleine Plastestutzen, mit dem man die Luftpumpe auf das Ventil des Fahrradreifens drückt, platzte beim Hineinlegen in den Einkaufswagen ab. Die Wucht des Aufpumpens hätte der Stutzen niemals überstanden.

Der Verkäufer hat nur gelächelt und mir empfohlen, eine andere Pumpe zu wählen. Eine, die nicht ganz so billig sei!

Naja, ich habe also die nächstteurere genommen. Die hatte einen Stutzen, der für die Wucht des Aufpumpens geeignet war. Aber innwendig der Kolben verweigerte seine Mitwirkung und löste sich beim ersten Pumpversuch in seine Teile auf.

Okay - Billigware soll man nicht kaufen. Aber warum werden überhaupt Dinge produziert und verkauft, die dann ihren Zweck nicht erfüllen können? Selbst die billigste Luftpumpe muss doch Luft pumpen können! Oder was?!

Digi-dalli-sierung

Die Computer erobern die Welt. Über das Internet sind die alle miteinander vernetzt. Auch wenn man das gar nicht sieht, oder spürt!

Und so wie die Computer vernetzt sind, sind es auch die Menschen. Sie sind wie die kleinen dummen Fische, die den Fischern freiwillig ins Netz gehen. Die großen Haie wissen sich noch zu helfen. Sie lassen für sich andere ins Netz gehen, damit die Fischer zufrieden sind.

Die Politiker reden unentwegt von den gigantischen Herausforderungen der Digi-dalli-sierung.

Alles muss immer schneller gehen. Dalli-dalli!

Das superschnelle Glasfaserkabel ist die Hauptschlagader des Fortschrittes. Und keiner fragt, wem denn der Fortschritt nützt? Wird das Leben glücklicher? Werden Arme reicher? Wird meine Gutste schöner?

In dem world-weiten Netz werden aber nicht nur Fliegen gefangen, wie im Netz der Spinnen, sondern Menschen. Und nicht nur die Seelen, nicht nur das Denken und Fühlen - nein, richtig der gesamte Körper! Also - nicht nur die Software, auch die Hardware - und wenn die Birne noch so weich sein mag!

Es gibt schon heute viele Leute, die müssen, um ihre Arbeit zu erledigen, ihr Büro nicht mehr verlassen. Höchstens wenn der Verdauungsprozess zu bestimmten Darm- oder Harnblasenfüllungen geführt hat, die auch den volldigitalisierten Menschen zwingt, den Platz am Computer kurzzeitig zu verlassen. Wobei natürlich die Verbindung zum Computer über WLAN mittels mobilen Smart Phons immer gewährleistet bleiben kann.

Die Zuführung der Nahrung hingegen ist bereits voll digitalisiert. Online bestellen, Lieferung mit computergestützten Drohnen.

Die Verkümmerung der Menschen zu Klumpfüßlern und Stummelarminvaliden ist vorprogrammiert. Durch die Entwicklung selbstfahrender, autonomer Autos sind ja auch Füße und Arme zu überflüssigen Tentakeln degradiert worden. Bleifüße sind out! Der Stinkefinger hat mangels rivalisierender Autofahrer ausgedient!

Die Fortpflanzung der Menschen mittels Geschlechtskontakt sollte aus hygienischen Gründen gänzlich eingestellt werden. Die reproduktive Medizin ist in vollem Umfang in der Lage, aus den Retorten und Reagenzgläsern künstliche Menschen zu erschaffen. Die Befriedigung der erotischen Bedürfnisse ist bereits seit Beginn des dritten Jahrtausends als ein gelöstes Problem zu betrachten. Interaktive Pornoseiten werden auf diesem Gebiet die letzten kleinen Stolpersteine beseitigen.

Die Auslagerung von Wissen und Erfahrung der Individuen in globale Clouds wird es den Menschen möglich machen, das individuelle Denken völlig einzusparen und den Computern zu überlassen. Na, die haben eh die größeren Köpfe!

Prima Klima

Es gibt wirklich nur noch ganz wenige auserwählte Ignoranten, die nicht glauben wollen, dass der Klimawandel durch das Tun der Menschen angetrieben wird. Manchmal spielt das Wetter ja derart verrückt, dass man schon sagen kann: Es gibt keine Jahreszeiten mehr - nur vier verschiedene Klimakatastrophen!

Einer von den wichtigsten Ignoranten ist Donald Trump, der zum Präsidenten der USA gewählt worden ist. Und alle die, die den gewählt haben, denken wahrscheinlich auch so wie der. Bloß dass diese vielen Millionen Wähler nicht regieren. Regieren tut Donald Trump im Namen der Millionen Wähler. Demokratisch!

Manche vergleichen übrigens Donald Trump mit einer Hummel. Weil Hummeln eigentlich aus aerodynamischen Gründen nicht fliegen können dürften - aber sie fliegen! Und Donald Trump dürfte aus neurobiologischen Gründen nicht regieren dürfen - aber er regiert!

Ärzte sagen: Bei Donald Trump wäre ein Gehirnschlag ein Schlag ins Leere!

Jedenfalls gibt es genug Hinweise, was alles zum Klimawandel und zur Erwärmung der Atmosphäre beiträgt. Da sind die unendlichen Blechlawinen der LKWs, die unentwegt auf den Autobahnen als mobile Lagerhäuser unterwegs sind. Die Verlagerung der Transporte auf die Schiene oder auf die Flussschifffahrt kommt nicht in Frage, weil Autobahnen billiger und flexibler sind. Dann die Kraftwerke, die den Strom erzeugen. Den Strom, den wir verbrauchen, um es überall schön hell und warm zu haben, und um die Industrieprodukte herstellen zu können - vom Auto bis zum Windkraftrad!

Atomenergie wäre wesentlich sauberer und weniger schädlich für das Klima, ist aber eben zu gefährlich. Sagen viele!

Dann die großen Schiffe und Flugzeuge. Megadreckschleudern! Fast noch schlimmer als die Kühe! Was die Kühe zusammenpupsen, geht ja übrigens auf keine Kuhhaut!

Ich weiß jetzt nicht ganz genau, wie es mit den menschlichen Abgasen aussieht, aber ich vermute, dass auch der menschliche Furz keinen Beitrag zur Klimaabkühlung darstellt.

Und da gibt es noch viel mehr biologische und ökonomische Vorgänge, die dem Klima Schaden zufügen.

Und im Prinzip wissen wir das schon seit vielen Jahrzehnten: Die Erde wird am Fortschritt irgendwann demnächst kollabieren, wenn es so weitergeht, wie bisher!

Fortschritt ist eben nicht immer positiv! Heute stehen wir am Abgrund, morgen werden wir einen Schritt weiter sein!

Ja, seit vielen Jahrzehnten wissen wir das. Aber jetzt fängt es an, dass wir das auch spüren!

Wenn so ein Gletscher in Grönland wegschmilzt, dann juckt das ja nicht! Aber wenn andauernd irgendwelche, dubiose Namen tragende Stürme über uns herfallen...

auch über die USA! - dann müsste man doch denken, dass das über das Wissen hinaus zum Begreifen führt.

Aber das alte Sprichwort - Wer nicht hören will, muss spüren! - scheint nicht mehr richtig zu funktionieren. Wir spüren, aber wer schon will hören? Zumal, wenn das Hören auch gewisse Konsequenzen mit sich bringen muss - gewisse Einschränkungen womöglich?! Energieverbrauchs-Einsparung?

Die Spülmaschinen beispielsweise, sind ja nicht nur das liebste Kind der deutschen Hausfrau, nein, Milliarden von Chinesinnen sind auch auf den Geschmack gekommen, und wollen eine Spülmaschine haben. Dann kommen die Inderinnen, dann die Afrikanerinnen! Irgendwann werden auch die Eskimosinnen berechtigte Ansprüche stellen. Die wollen auch was vom Fortschritt abhaben! Warum sollen die auf Fortschritt verzichten, damit wir unseren behalten können?

Und mal abgesehen von den Spülmaschinen... - reden wir mal von den Autos! Was wäre ein Mann ohne Auto? Ein Dackel ohne Beine!

So, nun fangen Sie mal an und retten die Erde! Das, was bis jetzt läuft an Klimaschutz und so, das sind doch Tropfen auf glühendes Lava!

Ja, der ewige Kreislauf - alle wollen besser leben! Keiner will auf irgendwas verzichten!

Der individuelle Mensch lebt und lebt und lebt so dahin - immer möglichst gut und fröhlich aus vollen Kräften! Und irgendwann ist es dann eben vorbei! Ausgepowert! Fini!

Und so ist das auch mit der Menschheit! Irgendwann ist Pumpe!

Vielleicht sollte man weniger über Klimarettung, als über aktive Sterbehilfe reden.

Nee, Sexismus - muss nicht sein! Wirklich gut, dass da wiedermal drüber diskutiert wird. Öffentlich! Und das weltweit! Besonders in Hollywood! Da sind es ja einige, die jetzt am Pranger stehen, wegen sexistischer Umtriebe!

Genau - dieser Filmproduzent beispielsweise, der so eine sogenannte Besetzungs-Couch hatte, wo dann die Schauspielerinnen saßen, die gerne eine Filmrolle haben wollten.

Oh, ich kann mir lebhaft vorstellen, wie die da reingekommen sind in das Büro, die Schönen und Jungen, durchgestilt und superschick. Klamotten vom Feinsten. Sexi natürlich! Betörend! Beduftend! Und wenn die sich dann hingesetzt haben - also, manche Frauen können sich derartig geschickt hinsetzen, dass das an sexuelle Nötigung grenzt!

Aber man ist ja als Mann nicht nur, wenn man Filmproduzent ist, den sexistischen Reizen der Frauen unentwegt ausgesetzt. Die optischen Provokationen sind ja nicht nur allgegenwärtig, sondern flächendeckend.

Jede neue Modewelle setzt neue Akzente. Immer wieder werden neue Angriffe auf den Seelenfrieden der Männer gestartet.

Momentan scheinen ja knallenge Jeans und Leggings die wirkungsvollsten Waffen zu sein, die die Frauen mit großem Erfolg einsetzen. Die sensorischen Organe des Mannes - insbesondere eben die Augen - werden gnadenlos bombardiert. Kein Mann kann diesen Angriffen ausweichen, wenn er nicht gerade blind ist, oder Scheuklappen trägt.

Wie viele Verkehrsunfälle auf den Straßen diesen weiblichen Angriffen geschuldet sind, verrät keine Statistik. Von anderen Verkehrsunfällen mal ganz abgesehen!

Ja, auch die treulosen Verirrungen der Männer infolge weiblicher Attacken, werden nur selten statistisch erfasst und oft als einfach Fremdgeherei abgehakt. Und dabei liegen oft massive Beeinflussungen durch sexistische Mittel vor. Die Frau verlockt den Mann, der Mann geht der Frau auf den Leim - und dann muss er wieder heim! Mit schlechtem Gewissen!

Die Frauen nutzen ganz einfach und schamlos die evolutionär erworbenen Eigenschaften der Männer zu ihren Gunsten aus - nämlich die Eigenschaft der optischen Erregbarkeit!

Frauen können tagelang Männer angucken, und es passiert nichts. Das ist bei den Frauen so, weil sie eben keine Männer sind. Bei Männern ist das, wie es ist, wenn sie Männer sind - die brauchen gar nicht lange gucken, schon kommt das Testosteron in Wallung!

Männer haben in der Evolution diese optisch Reizbarkeit über Jahrtausend mühevoll entwickelt, damit sie eben ihr Bestes zur Erhaltung von Art und Rasse geben können und ständig bemüht sind, den Frauen hinterher zu rennen, anstatt irgendwo faul auf dem Bärenfell zu liegen, zu saufen und Skat zu spielen, was sie viel lieber machen würden.

Nein, Frauen kennen kein Mitleid mit den Männern.

Und wenn das sexistische Dauerfeuer abzuebben droht, weil sich die Männern an eine bestimmt Art der Betörung gewöhnt haben, ändern die Frauen die Mode und es gibt wieder kein Entrinnen für die armen Männer.

Was wäre nun in dieser Situation zu wünschen? Das Tragen blickdichter Brillen kommt nicht in Frage, weil eben das Gucken auch für andere lebenswichtige Handlungen unersetzlich ist.

Kastration kommt ebenfalls nicht in Frage, weil das zu ernsthaften Folgen in der Bevölkerungsentwicklung führen könnte.

Doch es gibt eine einfache Lösung! Die mitteleuropäischen Frauen könnten sich ein Beispiel an den islamischen Frauen nehmen - ja, sich einfach bis zur Unkenntlichkeit verhüllen! Eine Burka über den Leib und den Sehschlitz mit Fliegengaze abdichten und schon haben die Männer ihren optischen Frieden. Das könnte die sexistischen Belästigungen der Männer durch Frauen nachhaltig eindämmen. Die Männer wären vor den betörenden Attacken der Weiblichkeit geschützt.

Aber es wäre, wenn Sie mich fragen, echt schade drum!

Stilles Wasser

Gleich seit kurz nach der Wende, als mir aufgefallen war, dass alle Wessis, die ich so gelegentlich kennenlernte, ständig eine Wasserflasche mit sich herumtrugen, wundere ich mich darüber, dass ich mit meinem bescheidenen Wasserkonsum so alt werden konnte.

Ich nahm an, dass der enorme Wasserbedarf der Wessis durch die hohe Verdunstungsmenge infolge Blähung und Besserwisserei entstehen würde. Oder hing der Wasserbedarf mit dem Inhalt der Köpfe zusammen? Den Ossis unterstellte man ja, Stroh in der Rübe zu haben - ist es bei den Wessis Wasser? Still, medium oder mit Sprutz?

Nun - über die Jahre nach der Wende hinweg bis heute, wuchs diese Verwunderung bei mir immer mehr.

Denn die Wassersucht erfasste schrittweise alle Bereiche der Gesellschaft. Mittlerweile gibt es kein Schulkind mehr, dass keine Wasserflasche mit sich schleppt. Meine Gutste geht grundsätzlich nicht aus dem Haus, wenn nicht wenigstens eine kleine Flasche 0,3 Liter in der Handtasche schweppert.

Übrigens muss es bei meiner Gutsten stilles Wasser sein.

Wenn in Gaststätten die Leute ihre Getränke bestellen, habe ich beobachtet, ist immer ein erheblicher Zeitaufwand erforderlich, um abzuklären, welche Lautstärke die bestellten Edelwässer haben sollen dürfen. Ein profanes Bier wird kaum noch bestellt. Und wenn - dann alkoholfrei!

Wasser mit Sprutz scheinen nur noch absolute Wassermuffel zu bevorzugen. Der Wasserkenner trinkt still, höchstens mal medium!

Absolute Wasserbanausen trinken Wasser mit Fruchtgeschmack. Ich zum Beispiel!

Nachdem mir eine Ernährungsberaterin empfohlen hatte, täglich drei Liter zu trinken, bemühte ich mich ebenfalls redlich, Wasser - mit und ohne Geschmack - in großen Mengen in mich hinein zu schütten. Die drei Liter schaffte ich aber nur selten.

Eher schien es mir, dass ich beim Ablassen der Flüssigkeiten, oft die fünf Liter Grenze überschreiten würde. Das Wasser muss ähnliche Wirkung besitzen, wie Kappler Biere - trinkste dreie, schiffste viere!

Der Verbrauch an in Plasteflaschen abgefülltes Wasser - jetzt mal unabhängig von der Lautstärke und Geschmack - soll in den letzten zwanzig Jahren um das Zwölffache angestiegen sein.

Im gleichen Umfang haben Brauereien pleite gemacht. Die wasserabfüllende Industrie hingegen boomt wie verrückt. Die Plasteflaschen bringen die Umwelt an die Grenze ihrer regenerativen Kräfte. Die Weltmeere werden zum Plasteflaschenendlager. Die Wale verwechseln Plankton mit Plaste und müssen verhungern.

Donald Trump hat übrigens das Verbot von Plasteflaschen in den Nationalparks der USA aufgehoben. Warum soll es den Nationalparks denn auch besser gehen, als den Weltmeeren?

Außerdem hat Donald Trump wohl auch viele Freunde in der Wasserbranche. Stichwort: Flüssiges Kapital!

Nun haben sich Mediziner zu Wort gemeldet, die behaupten, dass man eigentlich immer nur soviel trinken soll, wie man Durst hat. Die Farbe des Urins muss nicht immer hell und sektfarben sein. Der Wasserbedarf hänge auch von der körperlichen Beanspruchung und den Temperaturen ab. Bei schweißtreibender Tätigkeit habe man eben mehr Durst. Am Schreibtisch eben weniger.

So sagen die!

Irgendwie erinnert mich das an die Sache mit dem Spinat, der angeblich so besonders gesund für Kinder sein sollte. Mütter hatten deshalb viele Jahrzehnte ihre Kleinkinder gezwungen, kiloweise Spinat zu vertilgen. Und dann stellte sich heraus, dass Spinat bloß so gesund wie jedes anderes Gemüse ist.

Ach, und diese Mediziner, die der Wassermafia an die Gurgel wollen, sagen ja außerdem, dass sich das Leitungswasser in Deutschland und Europa allgemein ohne Umhüllung durch Plaste gut trinken lasse.

Ich fürchte, das könnte dann doch zu weit gehen! Wasser ohne Plasteflasche - igitt!

Gute Vorsätze

Mit einem guten Vorsatz ins neue Jahr zu gehen, gehört eigentlich zum Jahreswechsel wie Knaller und Raketen. Und es gibt auch erstaunliche Übereinstimmungen zwischen Vorsätzen und Pyrotechnik - sie verpuffen mit viel Getöns!

Wichtig aber ist eben, dass man erst mal etwas hat, was man loskrachen bzw. sich vornehmen kann. Und da bin ich noch am Grübeln. Welchen guten Vorsatz könnte ich mir vornehmen?

Sehr beliebt ist ja der Vorsatz: Nicht mehr rauchen! Aber leider rauche ich bereits seit über dreißig Jahren nicht mehr. Und bloß um einen Vorsatz zu finden, wieder anfangen mit Rauchen, wäre irgendwie dämlich.

Um einen wirklich guten Vorsatz finden zu können, müsste man eben wahrhaftig irgendetwas haben, was man andauernd falsch macht. Und da habe ich es wirklich schwer mit mir. Ich will nicht behaupten, dass ich absolut perfekt bin, aber ich wüsste momentan nicht, was ich denn grundsätzlich falsch machen würde? Zuviel Fernsehen?

Nein, wenn man den Bildungseffekt bedenkt, der beim Fernsehen entsteht, kann man Vielferseherei nicht als Fehler ansehen. Alleine was bei den privaten Sendern angeboten wird, kann so viel zur geistigen Verarmung beitragen, dass es dann später irgendwann gar nicht mehr auffällt, wenn man Alzheimer bekommt. Man kann ja nur das vergessen, was in der Rübe noch drin ist. Und wenn nichts mehr drin ist, fällt es nicht auf, wenn man etwas vergisst.

Anderseits könnte ich mir vielleicht vornehmen, etwas Sport zu treiben. Mehr Bewegung an frischer Luft! Aber bei der aktuellen Feinstaubbelastung der Luft werde ich mir einen Vorsatz in dieser Richtung wohlweislich verkneifen. Nein, ich will mir doch nicht die Lunge ruinieren!

Was meinen Drogenkonsum betrifft, so beschränkt sich der sowieso auf Alkohol in verschiedenster abgeschwächter Darreichungsform. Ob Bier oder Wein bis Spirituosen - da bin ich sehr flexibel. Und es wäre gerade gegenüber der Brauerei meines Vertrauens echt schoflig, wenn ich mir vornehmen würde, meinen Bierkonsum reduzieren zu wollen. Womöglich müssten die dann auf Kurzarbeit umstellen!

Nicht weniger gemein wäre es gegenüber den fleißigen Winzern und Schnapsbrennern! Die wollen schließlich auch leben!

Eine Möglichkeit wäre vielleicht, wenn ich keinen Wein mehr mit Korkverschluss kaufen würde, sondern nur noch mit Schraubverschluss. Das wäre immerhin ein Beitrag zur Erhaltung der Korkeichen in Portugal. Wobei ich mir nicht sicher bin, was die Korkeichenanbauer in Portugal dazu für eine Meinung haben. Womöglich sehen die sich durch die Schraubverschlüsse in ihrer Existenz bedroht? Und am Ende bin ich mitschuldig am Untergang der Jahrtausende alten portugiesische Korkeichenkultur, die so viele schöne Volkslieder hervorgebracht hat! Wenn ich mal nur an das schöne Lied "Korkeichen rosten nicht" erinnern darf.

Nein, ich will mit meinen guten Vorsätzen niemanden Schaden zufügen! Ich glaube, manche Leute nehmen das viel zu sehr auf die leichte Schulter. Die nehmen sich einfach was vor für das neue Jahr, ohne die Folgen für Natur, Umwelt und Gesellschaft zu berücksichtigen.

Auch meine Gutste! Die hat sich zum Beispiel vorgenommen, weniger Fleisch zu essen. Aber wohin dann mit dem überflüssigen Fleisch, das meine Gutste verschmäht?

Gut, man kann aus Fleisch vielleicht Wurst und Buletten herstellen, aber ob das wirklich ein Fortschritt wäre?

Auf der anderen Seite stehen ja auch die Mais- und Gemüsebauern. Weniger Fleisch bedeutet schließlich - weniger Tiere, die den Mais und andere Pflanzen wegfressen. Und soviel Vegetarier gibt es eben noch nicht, die da ersatzweise zur Pflanzenvertilgung beitragen könnten. Mal ganz zu schweigen von den Veganern!

Und übrigens - die Abgase der menschlichen Pflanzenvertilger sind bestimmt nicht weniger gefährlich, als die Abgase der Kühe, die unsere Atmosphäre kaputt machen und den Treibhauseffekt beschleunigen.

Nein, es ist wirklich nicht einfach, einen guten Vorsatz zu finden, der das biologische Gleichgewicht in der Natur nicht gefährdet.

Freude spenden

Ich habe mich wieder einmal, wie schon oft in meinem Leben, als Freudenspender betätigt. Wenn auch nicht völlig freiwillig, so doch sehr erfolgreich! Es war letzten Sonntag.

Meine Gutste hatte keine Lust, alleine für uns beide etwas zum Mittag zuzubereiten. Sie schlug vor, dass wir in eine Gaststätte gehen könnten. Gegen solch einen Vorschlag habe ich eigentlich gemeinhin nie etwas einzuwenden. Es wäre auch höchst unklug von mir, etwas einzuwenden, denn wenn meine Gutste etwas kochen muss, obwohl sie keine Lust dazu hat, dann wird die entsprechende Mahlzeit zu einer hochexplosiven Angelegenheit. Da genügt es schon, wenn ich ein Bisschen an der Soße rummäkle, und schon geht meine Gutste in Luft und schlägt mir vor, dass ich mir doch in Zukunft meinen Fraß gefälligst alleine kochen solle.

Nein, wenn meine Gutste keine Lust zum Kochen hat, ist Gaststätte eine ungefährliche Alternative.

Ich habe also in weiser Abwägung aller Nachteile ihrem Vorschlag einstimmig zugestimmt, und wir saßen dann auch irgendwann in einer Gaststätte. Zuerst haben wir, wie es sich gehört, die Getränke bestellt.

Wenn die Getränke serviert werden, kommt der Zeitpunkt, wo man die Speisen bestellt. Das wissen wir. Das machen alle so.

Wir waren übrigens nicht die einzigen Gäste. Viele Leute hatten eine ähnliche Idee gehabt wie wir. Unter den Leuten war auch ein Hund. Ein Pudel.

Der Pudel lag friedlich auf dem Boden, hatte seinen Kopf auf die Pfoten gelegt und guckte mich mit seinem typischen Hundeblick unentwegt an, als würde er mich kennen. Ich konnte mich aber beim besten Willen nicht erinnern, den Hund irgendwo bereits kennengelernt zu haben.

Als sich dann jedenfalls die Kellnerin mit dem Tablett voller Getränke näherte, verlor ich ihn aus dem Blickfeld. Ich hatte auf dem Tablett mein bestelltes Hefeweizen entdeckt, das mir blond und hold entgegenlächelte. Ich lächelte zurück. Wir freuten uns aufeinander!

Kann es einen schöneren Moment geben, als wie wenn dein Bier im Anmarsch ist!?

Die Kellnerin fasste nach dem Bierglas, um es vor mir auf den Tisch zu stellen. Die Absicht war eindeutig erkennbar, aber ihr glitt das Glas, das außen von übergelaufenem Weißbier feucht war, aus den Fingern. Das gefüllte Bierglas landete in aufrechter Haltung direkt vor mir hart auf der Tischplatte, wie ein Turner mit steifen Beinen beim Bockspringen. Dem Glas selbst passierte nichts, nur der Inhalt schoss wie eine Fontäne in die Luft, verwandelte sich im Flug zu Schaum und hüllte mich in selbigen von oben bis unten ein. Mein dunkelblaues Sonntagsjackett hatte weiße Punkte bekommen, als wenn es geschneit hätte.

Im Radio kam gerade das Lied von Roy Black - "Ganz in weiß mit einem Blumenstrauß..."

Der weiße Schaum ist aber sehr schnell wieder zu Flüssigkeit geworden. In der Gaststätte befanden sich jetzt zwei Pudel - ein echter und ein begossener!

Meine Gutste hatte von der Bierdusche nicht einen Tropfen abbekommen. Sie sagte mit jenem vorwurfsvollen Ton, den ich an ihr so liebe: "Wie siehst du denn wieder aus?"

Meiner Frisur hatte die Dusche übrigens wenig anhaben können. Ich nahm mein Taschentuch und wischte mir die Glatze einfach ab. Das Jackett zog ich aus und hängte es zum Trocknen an den Kleiderständer. Die Hose ließ ich an und hoffte, dass sie schnell trocknen würde, damit ich nicht mit nasser Hose würde an die frische Luft gehen müssen. Wie schnell kann man sich was verkühlen!

Die Kellnerin brachte mir - natürlich unter emsigen Bedauerungsbekundungen - ein neues Glas Hefeweizen und bot mir als Trostpflästerchen einen Schnaps an. Ich wählte einen Becherovka. Das Essen hat dann übrigens hervorragend geschmeckt.

Die Leute ringsherum konnten in ihren Gesichtern allerdings bis zum Schluss das hämische Grinsen der Schadenfreude nicht völlig unterdrücken. Nur der richtige Pudel guckte mich völlig neutral mit seinem Hundeblick noch so an wie vor der Bierdusche - gelangweilt, aber so, als wie wenn er mich kennen würde. Aber ich kannte ihn nicht.

Der Verdacht allerdings, dass der Pudel auf geheimnisvolle Art und Weise den Bierunfall heraufbeschworen hatte, wuchs mit jedem Blick, den wir noch wechselten. Ich würde den Pudel jetzt jederzeit wiedererkennen!

Rüstung

Die Lehrer in Amerika sollen, so möchte es Donald Trump, mit Waffen ausgerüstet werden, damit sie sich gegen gewalttätige und mit Schnellfeuergewehren Amok laufende Schüler schneller wehren und diese erschießen können. Die Polizei braucht immer zu lange, bis sie in den betroffenen Schulen auftaucht, und kann dann nur noch helfen, die Leichen abzutransportieren. So kann das ja schließlich nicht weitergehen! Lehrer an die Waffen!

Ja, das ist wirklich eine schlaue Strategie - wenn eine Gefahr droht, nicht versuchen den unschädlich zu machen, der die Gefahr ausstrahlt, sondern alle so ausrüsten, dass sie der Gefahr gewachsen sind und sich verteidigen können.

Das ist die Strategie aller Völker seit Menschengedenken gewesen, wo die Rüstungslobby funktioniert hat. Noch nie wurde so viel gerüstet, um sich gegen das Böse im Ernstfall verteidigen zu können, wie heutzutage. Die Rüstung zur Vermeidung eines Krieges wächst und wächst. Einige Länder können sich ihren Friedenswillen kaum noch leisten. Sie laufen dann Gefahr, einen Krieg auszulösen, weil sie schwach sind. Nein, man muss rüsten, um den Frieden zu erzwingen. Das ist wie ficken für die Jungfräulichkeit!

Aber fest steht, dass die Sicherheit an den Schulen - koste es, was es wolle! - erhöht werden muss.

Und eben nicht nur an den Schulen, meint Trump. Besonders Deutschland müsse wesentlich mehr Geld in die NATO stecken. Und auch die Strategen der EU sind mittlerweile mehr oder weniger einhellig der Auffassung, dass man wenigstens zwei Prozent des Haushalt-Budgets in die Rüstung stecken muss. Damit es Frieden bleiben kann.

Wobei - im Fall der Schulen ist es eindeutig, wer die Bösen sind. Gewaltbereite Schüler!

Im internationalen Gerangel um Einflusssphären und Bodenschätze fehlen momentan die richtigen Bösen.

Gegen den Terror nützen keine Panzer und keine Interkontinentalraketen oder Atombomben. Der Islam ist zwar hinreichend Böse, aber so zerstritten in sich und geschwächt, dass man, um sich gegen ihn zu rüsten, höchstens einige Knüppel anschaffen muss.

Ob man Nordkorea hinsichtlich der Atombomben als echten gefährlichen Bösewicht installieren kann, ist noch offen. Die Männerfreundschaft zwischen Trump und Kim steht dem echt im Wege!

Und die Russen sind leider schon fast handzahm geworden.

Wobei man hier nun wieder bedenken muss, dass an der Rüstungsindustrie viele Arbeitsplätze hängen. Abrüstungsverfechter vergessen das oft. Rüstung ist nicht nur für den Frieden, sondern auch für unseren Wohlstand wichtig.

Manche Schlaumeier sagen nun, man könnte das Geld, was man für die Rüstungsgüter bezahlt, ja auch gleich an die Arbeiter und Angestellten ausbezahlen, ohne etwas herzustellen, was man nicht braucht. Aber da darf man eben nicht die Rolle des Bösen vergessen, was jederzeit den Kopf heben kann. Und dann muss man eben gerüstet sein! Logisch!

Außerdem wäre Geld bezahlen für Nichtstun und Faulenzia schon fast Kommunismus und das will ja wohl niemand!

Für die Zeit, wo das Böse schläft, braucht man sich aber um die Rüstungsgüter, die produziert werden, keine Sorgen zu machen. Die werden den Soldaten der Bundeswehr übergeben. Die üben dann mit den Geräten, fahren hin und her, fliegen auf und nieder, tauchen ab und auf. Nach jedem Einsatz werden die Rüstungsgüter geputzt und entrostet, bis sie eines Tages nicht mehr einsatzfähig sind und verschrottet werden müssen. Nun also entsteht Platz und Bedarf für neue Rüstungsgüter. Kein Arbeitsplatz muss gestrichen werden - weder in den Rüstungsbetrieben, noch in der Bundeswehr. Es ist ein in sich geschlossenes lebenserhaltendes System.

Nein, man muss sich keine Sorgen machen. Es werden immer wieder Möglichkeiten gefunden, um Rüstung aufzurüsten. Es muss wirklich nicht immer gleich Krieg sein!

Er lebt noch!

Wie heißt es im Lied von den "Randfichten" - er lebt noch... er lebt noch... der alte Holzmichl...? Nein, das hätte ich nicht gedacht. Karl Marx ist anlässlich seines zweihundertsten Geburtstages am fünften Mai förmlich wieder auferstanden. Mitten im blühenden Kapitalismus, der über den maroden Sozialismus gesiegt hat, wird dem Mann gehuldigt, der den Sozialismus und die Diktatur des Proletariates erfunden hat, als wäre er ein Heilsbringer. Potz Blitz!

Die Zeitungen würdigen den Begründer des wissenschaftlichen Sozialismus als Philosophen reinsten Wassers mit nur ganz wenig Whisky dabei. Ganze Wochenendbeilagen werden ihm und seinem Andenken gewidmet. Überall gibt es Ausstellungen, Denkmäler sind geputzt und neu aufgestellt worden - in Trier zum Beispiel, steht jetzt ein ziemlich großer Marx herum, den die Chinesen gestiftet haben.

In London ist das Grab von Karl Marx zur meistbesuchten Pilgerstätte der Japaner geworden.

Im Kino und im Fernsehen laufen neue Marx-Filme. Es ist unfassbar, aber Mario Adorf spielt im Kinofilm den Karl Marx! Das ist wie wenn Dolly Buster die Mutter Teresa spielen würde.

In Chemnitz sind alle Stadträte - ausgenommen die von der AfD - heilfroh, dass sie den "Nischl" nach der Wende haben stehen lassen. Besonders die Marketing und PR-Leute von Chemnitz schlagen drei Kreuze.

Chemnitz ohne den "Nischl" das wäre ja wirklich wie Berlin ohne Fernsehturm! Oder Paris ohne Eifelturm! Übrigens hat man den "Nischl" nach der Wende vor den Denkmalstürmern nur deshalb geschützt, weil man im Rathaus keine Idee hatte, wie denn so ein Koloss schnell beseitigt werden könnte. Aus Dresden von den neuen Landesherren um Herrn Biedenkopf kamen auch keine klaren Anweisungen, wie man mit dem "Nischl" zu verfahren habe. In Dresden hatte man genug Ärger mit dem Wideraufbau der Frauenkirche. Der Vorschlag, den Kopf solange an Schlosser und Maschinenbaulehrlinge zum Üben mit der Fein- und Grobfeile zur Verfügung zu stellen, bis er weggefeilt wäre, stieß damals auf Ablehnung der Lehrlinge. Die wollten statt feilen, lieber andere Dinge tun.

Jedenfalls hatte der "Nischl" mehr Glück als Verstand, dass er nicht verschrottet wurde.

Naja, er war schließlich das Symbol der verbrecherischen Staatsideologie der ehemaligen DDR gewesen und somit auch verantwortlich für den Schießbefehl und die Mauertoten. Dass man ihn nun vollumfänglich rehabilitiert hat und dabei ist, ihn auch von aller Verantwortung für seine Vermostung für die Theorie des realen Sozialismus freizusprechen, grenzt an ein Wunder.

Und dabei ist das viel größere Wunder eigentlich gewesen, dass man vor der Wende den "Nischl" errichtet hat. Eingebettet in ein architektonisches Ensemble mit Stadthalle und "Falte", wie das Gebäude der SED-Bezirksleitung genannt wurde. Wie konnte man einem

Mann ein derartig gigantisches Denkmal setzen, der auf der schwarzen Liste des Politbüros stand und wegen seiner ketzerischen Ansichten, im Falle der Wiederaufewrstehung noch vor Biermann ausgebürgert worden wäre?

Das Karl-Marx-Monument ist die zweitgrößte Porträtbüste der Welt. Nur in Ulan-Ude steht noch eine größere Büste - der Kopf von Lenin. Sechzig Zentimeter größer! Würde man die Größenvergleichsmessung allerdings im Winter durchführen, wenn im sibirischen Ulan-Ude vierundfünfzig Grad minus herrschen, würde unser "Nischl" gewinnen und er wäre der allergrößte auf der Welt.

Womit Chemnitz es überhaupt verdient hatte, auf Karl-Marx-Stadt umgetauft zu werden, ist übrigens auch sehr wundersam. Eigentlich sollte ja Dresden die Ehre haben, doch an Dresden ist der Kelch vorbeigegangen, weil man dort zu viel Residenzvergangenheit hatte. Die ganzen sächsischen Könige - voran August der Starke... das hätte Probleme geben können. Alleine im Bereich der Nachwuchsproduktion konnte Karl Marx mit seinen sechs gezeugten Kindern, davon eins unehelich - nicht mithalten. August der Starke zeugte schließlich über dreihundert Kinder! Davon eins ehelich!

Von dieser Seite war Chemnitz ein neutrales Terrain - keine großen Könige, keine berühmten Künstler...

Chemnitz auf den Namen von Karl Marx umzutaufen war eine sehr spontane Entscheidung. Es war, als würde man eine Beutelratte auf Känguru umtaufen!

Und jetzt gibt es übrigens wieder Leute, die wollen
Chemnitz nochmal umtaufen. Eine Art Wiedertäufer
Bewegung!

Naja, aber von den Fehlern, die Karl Marx in seinem
Denken gemacht hatte, habe ich übrigens nirgends was
gelesen. Gut, könnte man sagen, er war eben nicht
allwissend und manche Dinge konnte er nicht voraus-
sehen. Die führende Rolle des Proletariats war beispielsweise ein glatter Griff ins Klo! Aber wenn man
die Fehler einkringeln würde - farbig mit rotem Filzstift!
- dann würde sich vielleicht zeigen, was man anders
machen müsste, wenn man es nochmal versuchen
würde mit seinen Ideen.

Kindertag

Es gibt keinen Tag im Jahr, der nicht irgendein beson-
derer Tag ist. Da sind zuerst die allgemein bekannten
Tage, wie zum Beispiel Muttertag oder Valentinstag
oder Karfreitag. Und dann die weniger bekannten Tage, wie zum Beispiel Weltfriedenstag oder Sankt
Nimmerleinstag.

Und dann gibt es noch die Flut von Tagen, von denen
man normalerweise nichts weiß, oder die man schon
längst vergessen hat, wie zum Beispiele Frauentag oder
Tag der Befreiung.

Aber dann gibt es noch so Tage... also... - kennen Sie
zum Beispiel Tag des Kuschelns, Tag der Blockflöte,
Tag des Pfützenspringens, den Hast-du-gepupst-Tag,
Weltlachtag... - der ist übrigens immer der erste
Sonntag im Mai. Zwei Tage später der Weltasthmatag!
- ...Welttag der verlorenen Socke, Tag der
Zahnschmerzen...

Ach, da hab ich kürzlich einen netten Witz gehört -
vonwegen Zahnschmerzen!

Also, Levi und Kohn... sind total zerstritten. Aber da
begegnen sie sich in einer ganz engen Gasse, so dass sie
sich gegenseitig leicht anrempeln.

Da sagt Kohn zu Levi: Ich winsche dir, dir megen
ausfallen alle Zähne, bis auf einen - ud der möge
schmerzen! Da sagt Levi zu Kohn: Ich winsche dir, dir
megen ausfallen alle Zähne bis auf zwei. Und einer
mege schmerzen. Un du megest nicht wissen, welcher!

Jedenfalls - es gibt soviele Tage, die eigentlich ein Witz an sich sind.

Tag der Deutschen Einheit! Der wird jedes Jahr gefeiert, obwohl die Deutsche Einheit noch längst nicht vollzogen ist! Es gibt immer noch einzelne Immobilien, die sich in den Händen von Ossis befinden. Aber man feiert!

Auch wir Ossis feiern den Tag der Deutschen Einheit. Das ist so schwachsinnig, wie wenn Dropse den Tag feiern, wi sie gelutscht worden sind.

Auch Vatertag - erster August! Weil Vater in der Familie der ertse August ist!

Ostersonntag - wo erwachsene Menschen den Hühnern die Eier wegnehmen und den Hasen rektal implantieren, damit die dann die Eier in irgendwelschn dunklen Ecken aussondern können, wo sie selbst von Kindern nie wieder gefunden werden.

A propos Kinder: Da gibt es ja - wie angedeutet - auch einen Tag!

Nein, ich meine jetzt nicht den Tag der Pille oder den Tag der schmerzfreien Abtreibung, ich meine den Tag des lebendigen Kindes!

Der Tag, der immer am ersten Juni war. Das war in meiner Kindheit immer ein sehr schöner Tag. Ich weiß jetzt gar nicht gleich warum...? Vielleicht sind wir in den Pionierpalast gegangen und haben den Film "ErnstThälmann - Sohn seiner Klasse" gesehen? Oder gab es Bockwurst und Limonade?

Auf alle Fälle war das ein Tag, wo die Kinder irgendwie im Mittelpunkt standen. So unter dem Motto: Ohne Kinder, keine Zukunft!

Heutzutage wird der Kindertag nur noch sehr zaghaft begangen.

Na, wer will den heutzutage noch Kinder? Diese aufmöpsige Brut! Dazu kostenintensiv und übergewichtig!

Ja, wenn unsre Kinder so zwölf dreizehn Jahre alt sind, dann fangen ja die IKEA-Betten an, unter ihnen zusammenzubrechen. Man darf sich gar nicht vorstellen, wie fett unsre Kinder wären, wenn die nicht rauchen würden!

Manchmal muss ich an meine Oma denken, die hat immer gesagt - ach, hat sie gesagt, Kinder sind was Herrliches - wenn sie so zwei drei Jahre sind, könnte man sie fressen! Wenn sie dann vierzehn sind, ärgert man sich, es nicht getan zu haben.

Kürzlich las ich in meinem Notizbuch den Spruch: Das Haar tut sich die Oma raufen, wenn Enkel sich ins Koma saufen!

Der Spruch muss mir so aus heiterem Himmel eingefallen sein. Und jetzt zum "Kindertag" nochmal! Aber, was kann ich dafür? Die gesellschaftliche Diskussion ist eben noch in vollem Gang: Sind Kinder wirklich ein vollwertiger Ersatz für einen Hund?

Hitzekoller

Die Hitze geht mir wahrscheinlich auf den Geist. Ich fange an, alles lustig zu finden, was in der Welt so läuft. Nein, es ist ja auch durchaus lustig, wenn man so zuschaut. Und es wird auch lustig bleiben, solange wir auf unserem schönen Hochstand sitzen können, und der ganze Spaß uns noch nicht um die Knöchel schwappt. Wenn es mal soweit sein sollte, dass wir selber nasse Füße bekommen, dann ist natürlich Schluss mit lustig! Speziell habe ich da diese Globalisierung im Auge! Die geht ja mit Hilfe der Digitalisierung derartig rasant von statten, dass die Politik nicht mehr hinterherkommt, Gesetze zu machen, die die globalisierte Welt regulieren und in vernünftige Bahnen lenken könnte. Das feste und auch das flüssige Kapital kann machen, was es will. Wo irgendwo in der Welt Profit winkt, wird zugeschlagen. Donald Trump will nun genau aufpassen, dass Amerika dabei nicht zu kurz kommt. Regelrecht lächerlich wirkt in diesem Zusammenhang übrigens die Prognose von Karl Marx, der mal gesagt hat, dass das Kapital bei entsprechendem Profit kühn werde; ab 20% Profit wird es lebhaft; ab 50 Prozent, positiv waghalsig; für 100 Prozent stampft es alle menschlichen Gesetze unter seinen Fuß; 300 Prozent, und es existiert kein Verbrechen, das es nicht riskiert, selbst auf Gefahr des Galgens.
Gigantische Vermögen beherrschen heute mehr und mehr die Welt, ohne den Galgen zu riskieren!

Nix mehr mit Recht und Demokratie! Die Monopolisierung schreitet voran. Staatsdiktaturen sind die Regierungsform der Zukunft.

Nein, die sogenannten demokratischen Politiker in allen Staaten der Welt rennen der Globalisierung japsend hinterher und geben ihr Leine, damit sie nur ja nicht langsamer wird, geschweige denn gebremst werden könnte.

Das ist wie wenn eine Seuche ausgebrochen ist und die Ärzte rennen mit dem Feuerlöscher in der Hand hinterher. Oder andersrum - es ist, wie wenn ein riesiger Brand wütet und die Feuerwehrleute versuchen mit der Spritze in der Hand die Eichhörnchen gegen Tollwut zu impfen.

Die Globalisierung stoppen, will eigentlich niemand. Weil niemand sieht, was das für eine Seuche ist, die da alles niederbrennt!

Im Gegenteil verhilft man der Globalisierung zu neuem Schwung durch die Digitalisierung. Man baut mit Steuergeldern die Internetverbindungen mit superschnellen Glasfaserkabeln aus, damit die Milliarden, die das Kapital in Afrika macht, noch schneller beim Zocken an den Börsen eingesetzt werden können.

Gut, es gibt eine starke Bewegung, die gegen die Globalisierung vielleicht helfen könnte, das ist die Verschickung der Rentner per Kreuzfahrtschiffen und Frachtflugzeugen an die Brennpunkte der Welt. Mit Hilfe der europäischen und japanischen Senioren könnte es gelingen, die Zufahrtswege der materiellen Güter zu den Zentren des Konsums zu verstopfen. Und wenn von der gesamten globalisierten Wirtschaft nichts mehr beim zahlenden Kunden ankommt, dann könnte der vielleicht zornig werden und laut fragen, was denn die Globalisierung soll? Wem nützt denn die? Cui bono? Es ist irgendwie so wie mit der Evolution. Man kann das nicht aufhalten. Einer frisst den anderen und die an der Spitze der Nahrungskette stehen, fressen alle. Das weiß jeder. Und das große Fressen wird solange dauern, bis es nichts mehr zu fressen geben wird. Wohl dem, der ungenießbar ist!

Fressen oder Futter sein!

Tja, und was nützt es den Milliarden von Leuten, wenn die Vermögen der Milliardäre immer riesiger werden? Wenn die Klasse der Billionäre kommt? Und dann die Trilliadäre?

Und der Übergag ist ja - was nützt es denn den Vermögenden selbst? Die wissen ja, dass das Geld, was sie besitzen, kein Geld ist, auf das man stolz sein kann. Es ist dreckiges Geld! Da kann kein Therapeut helfen. Die werden letztlich Gemütskrank, die Stinkreichen und hängen sich selber an den Galgen! Die begreifen nämlich irgendwann, dass sie nur Marionetten des Zufalls sind. Ohne Personalisierung geht Globalisierung noch nicht. Ein paar arme Menschlein müssen herhalten, um den Vermögen eine Adresse zu geben. Die Roboter sind noch nicht autonom. Die künstliche Intelligenz sitzt noch in den Startlöchern. Aber wehe, wenn die losflitzen und ihre Konten eröffnen!

Ich könnte mich kringeln vor Lachen, wenn Politiker von notwendigem Wachstum reden. Wenn sie vor

Angst anfangen zu bibbern, wenn das Bruttosozialprodukt stagniert.

Es könnte der Welt nichts Besseres passieren. Das hätte ja nichts mit Stillstand zu tun. Vielleicht mit Vernunft. Aber bei der Hitze... wo soll die Vernunft herkommen?

Schulanfang

Einer meiner Enkel hatte jetzt Schulanfang. Die Zuckertüte war ungefähr so groß, wie meine damals, als ich zur Schule kam. Über den Inhalt wollen wir mal nicht reden - da liegen eine mikroelektronische Revolution und eine Wende dazwischen. Ansonsten kann ich mich an meinen eigenen Schulanfang nicht mehr genau erinnern. Höchstens noch die handgeschnitzten Holzbänke, in denen wir zum ersten Mal sitzen durften... ach, und die Lehrerin hieß Frau Korb.

Das war in tiefsten DDR-Zeiten, als Stalin noch der große Held war. Wobei Joseph Stalin bei meinem Schulanfang keine wesentliche Rolle spielte. Vielleicht hing er aber irgendwo an der Wand. Es werden ja immer wieder bestimmte Dinge an die Wände gehängt - Bilder, Tafeln, Kreuze... In meinen späteren Schuljahren hing meistens ein Honecker-Bild an der Wand. In ganz früheren Jahren - als meine Oma noch zur Schule ging - hingen die aktuellen Kaiser oder Könige an der Wand von Schulklassenzimmern.

Dass jemand den Teufel an die Wand malt, wird oft gesagt - zum Beispiel wenn es um die aktuelle Klimaerwärmung geht - ist aber in Klassenzimmern eher selten. In Klassenzimmern wird vom Lehrkörper vorwiegend das Bild von Mensch und Gesellschaft an die Wand gemalt, das es leider in Wirklichkeit nicht gibt und nie gab. Irgendwann so in den Jahren der Pubertät bemerken dann die meisten Schüler, wie sie von den Lehrern verarscht worden sind, und fangen an, sich eigene Weltbilder zu entwerfen. Die sind dann aber oft auch nicht viel realistischer. Oft werden da keine Teufel, sondern Hirngespinste an die Wände geschmiert.

Graffiti ist dann mehr an den Wänden an Gebäuden im urbanen Umfeld zu finden

Von denen, die irgendwann mal an der Wand eines Klassenzimmers hingen, hat man aber kaum einen an die Wand gestellt. Höchstens mal im alten Frankreich. Aber das ist erstens sehr lange her und zweitens wurden die dort nicht an die Wand gestellt, sondern unter das Fallbeil gelegt. Guillotine hieß der Apparat.

In Bayern hängen sie wieder bevorzugt Kreuze an die Wand. Katholische Kreuze! Warum sollte man also damals, als man noch nicht genau wusste, was Stalin für ein Verbrecher war, nicht Stalin-Bilder an die Wand hängen?

Was mag wohl heutzutage.in den Klassenzimmern an der Wand hängen?

Wegen Platzmangels durfte ich als Opa nicht mit an der unmittelbaren Schuleinführungszeremonie teilnehmen. Ich musste draußen warten und weiß deshalb nicht, was im Klassenzimmer meines Enkels an der Wand hängt. Ihn, oder meine Schwiegertochter, zu fragen, vergaß ich, weil wichtigere Dinge die weiteren Feierlichkeiten dominierten. Zum Beispiel essen und trinken.

Der andere Opa und ich - wir widmeten uns vornehmlich den inhaltsreichen Getränken. Alle jüngeren Mitglieder der Verwandtschaft, einschließlich meiner Gutsten, nahmen gesundheitsbewusst alkoholfreie Flüssigkeiten zu sich. Leider!

Wie es unter solchen Umständen zu Skandalen oder gar Handgreiflichkeiten unter den Erwachsenen kommen soll, an die man sich noch nach Jahrzehnten erinnern kann, ist mir schleierhaft. Bei meiner Schulanfangsfeier gingen sich Onkel Kurt und Opa Wilhelm gegenseitig volltrunken an die Krawatten. Tante Helga schlug dann, womit sie die Auseinandersetzungen beendete, dem Onkel Kurt mit der Bowlen-Kelle nieder. Das wird noch heute unter den Überlebenden bei jeder passenden Gelegenheit mit großem Vergnügen erzählt.

Die Hauptbeschäftigung bei der kürzlichen Feier anlässlich des Schulanfangs meines Enkels bestand bei den Erwachsenen im Fotografieren oder Filmen des Schulanfängers. Von mir als Schulanfänger existiert ein Foto, auf dem ich mit der Zuckertüte abgebildet bin. Von heutigen Schulanfängern existieren derartige Mengen an digitalisierten Erinnerungsträgern... - die passen auf keine Kuhhaut! Geschweige in ein Fotoalbum! Und außerdem hat ja eh niemand Zeit, sich das jemals nochmal anzugucken. Man schafft ja schon die Urlaubsfotos nicht mehr!

Land ohne Lächeln

Die Ostsee im Bereich von Polen ist mit der Ostsee im Bereich von Mecklenburg-Vorpommern ziemlich identisch. Die Strände auch. Breite Strände mit hellem feinen Sand und hier und da ein paar Steinchen, unter denen man nach Bernstein suchen kann.

Die Suche ist hier wie da gleichermaßen zwecklos. Ich habe in zig Ostseeurlauben und bei endlosen Wanderungen am Strand noch nie einen Bernstein gefunden. Meine Gutste auch nicht. Aber an den Souvenirbuden - ob in Mecklenburg-Vorpommern oder Polen - wird Bernstein tonnenweise angeboten. Ich möchte ernsthaft wissen, wo die den Bernstein finden? Oder ist das künstlich hergestellter Bernstein?

Aber davon mal abgesehen... - ich fahre gerne an die Ostsee! Und in diesem Jahr war die Ostsee sogar richtig zum Baden geeignet. Temperaturen bis 20 Grad! Wir waren in Rewal am polnischen Ostseestrand. Zum dritten Mal in den letzten Jahren hatten wir uns für das preisgünstigere Polen entschieden. Und es war auch wieder alles im Großen und Ganzen okay. Dass auch andere deutsche Urlauber anwesend waren, war zu erwarten gewesen und mussten wir eben hinnehmen. Ansonsten gab es reichlich schreiende polnische Kleinstkinder und fettleibige Leute verschiedenen Geschlechtes. Und am Frühstücks- und am Abendbuffet im Hotel leisteten auch die polnischen Urlauber ihren Beitrag dazu, dass Gedränge und Raffgier herrschten.

Damit aber jeder Gast beim Abendessen in den Genuss des jeweiligen Hauptbestandteiles des Gerichtes - also Schnitzel, Hühnerbrust, Boulette, Fischfilet usw. - kommen konnte, wurden diese Hauptbestandteile nicht am Buffet ausgelegt, sondern einzeln an die Gäste verteilt. Man holte sich also die Beilagen, Salate und den Nachtisch vom Buffet und bekam vom Bedienpersonal dann sein Schnitzel - beispielsweise - separat geliefert.

Das war natürlich äußerst schlau! Einigen Gästen hätte ich durchaus zugetraut, dass sie sich beispielsweise drei bis vier Schnitzel auf den Teller gehäuft hätten, wenn dazu die Möglichkeit gewesen wäre, und unsereins hätte womöglich dann in die Röhre geguckt.

Nein, die Zuteilung der Schnitzel - beispielsweise - war ein kluger Schachzug! Und es waren auch immer genügend Bediener vorhanden, um abzusichern, dass man nicht auf sein Schnitzel - beispielsweise - ewig warten musste.

Was bei dem bedienenden Personal - egal ob weiblich oder männlich - allerdings schade war, das war die Tatsache, dass die alle an permanenter Gesichtslähmung litten. Starre Blicke ohne jedes Lächeln! Ob beim Servieren - beispielsweise - des Schnitzels oder beim Bringen des Bieres oder beim Abräumen - kein müdes Lächeln! In den 12 Tagen erlebte ich eine einzige Entgleisung. Eine der Bedienerinnen lächelte, als ich mir mit der Tomatensoße von den Spaghettis meine helle Hose besudelte.

Nun konnte ich mich natürlich nicht laufend mit irgendwas besudeln, nur um auf den Gesichtern der Bediener ein Lächeln erscheinen zu lassen.

Ja, wenn man Japan das "Land des Lächelns" nennt, dann müsste man wohl Polen das Land der stoischen Blicke" oder "Land ohne Lächeln" nennen.

Denn dieser Geiz beim Lächeln war auch in Supermärkten bei den Verkäuferinnen, oder in Gaststätten oder bei den Schwestern in einer Arztpraxis zu beobachten.

Wegen eines Zeckenbisses musste ich zum Arzt, um mir Antibiotika verschreiben zu lassen. Ich hatte die eindeutigen Symptome für Borreliose. Ich saß also reichlich zwei Stunden im Wartezimmer gegenüber dem Schalterfenster, wo man sich als Patient anmelden muss. Die beiden Schwestern, die die Anmeldungen entgegennahmen, haben in den zwei Stunden, da ich sie beobachten konnte, kein einziges Mal den Mund verzogen. Auch wenn kleine Kinder vorm Schalter standen, oder Omas... geschweige von mir... - kein Wimpernzucken, kein Lächeln!

Es war also keine Deutschenfeindlichkeit, die ich erleben musste, es war wahrscheinlich allgemeine Menschenfeindlichkeit! Oder eine stark beherrschte Freundlichkeit.

Und dabei war ich in vielen Jahren, bei vielen Reisen in verschiedenste Länder immer mit Freundlichkeit - auch ohne Sprachkenntnisse! - gut zurechtgekommen.

Die Franzosen waren vielleicht auch manchmal bisschen spröde, wenn man kein Französisch sprach, aber mit einem Lächeln habe ich auch den hartleibigsten Franzosen noch besiegen können. Die Polen nicht! Da konnte ich mein schönstes Lächeln hinblättern... - und wie gesagt, man kann sich nicht immer gleich mit Tomatensoße besudeln, nur damit mal zurückgelächelt wird!

Keine Kreuze

Wirklich, ich gehe so gerne wählen, dass es mir jetzt am liebsten wäre, wenn es Neuwahlen geben würde.

Keine Groko, keine Minderheitsregierung! Neuwahlen!

Und dann könnten die ja auch noch mal mit Jamaika von vorne anfangen. Und wenn es am Ende wieder nichts wird... - Neuwahl!

Solange, bis ein Wahlergebnis herauskommt, mit dem die Politiker etwas anfangen können.

Ich jedenfalls würde immer wieder hingehen!

Sie nicht?

Ich geh immer! Nein, das würde ich mir nicht entgehen lassen! Es ist für mich jedes Mal bei Wahl wie ein Vorbeimarsch! Herrlich, wenn ich in die Kabine reingehen kann - mit dem ganzen Papier - und keiner kann mich beobachten. Ich kann mit dem Papier machen, was ich will. Alles ist geheim!

Das heißt, zerknüllen oder zerschnipseln wäre doof, weil man ja das Papier dann am Ende des Kabinenbesuches in die Wahlurne reinstecken muss. Und die Urne hat einen ziemlich schmalen Schlitz. Das könnte dann bei Knüllpapier Stau geben. Und bei Zerschnipselung ist es fraglich, ob sich einer die Mühe macht, die Schnipsel wieder zusammenzukleben.

Nein, aber du kannst auf das Papier was draufmalen oder auch Verse schreiben... - zum Beispiel habe ich letztes Mal draufgeschrieben: Politiker, ich lieb euch sehr, doch besser wär, Euch gäbe es nicht mehr.

Das hat beim Einwurf der Wahlzettel in die Urne keiner gemerkt. Ich habe dann zu den sieben ungültigen Stimmen im Wahlkreis gehört.

Natürlich weiß ich, dass man eigentlich Kreuze machen muss. Zwei Kreuze meistens. Weil man ja zwei Stimmen hat, bei einer Wahl. Die erste und die zweite Stimme.

Ja, auch Sie haben zwei Stimmen. Ja, auch wenn Sie zuhause keine Stimme haben.

Nein, ich kenn das! Zuhause bestimmt meine Gutste.

Aber bei Wahlen habe ich zwei eigene Stimmen - und die wiegen genauso viel, wie die Stimmen von meiner Gutsten, obwohl die gut dreißig Kilo mehr als ich auf die Waage bringt.

Nein, bei einer Wahl wiegen alle Stimmen gleich viel. Egal ob man Professor ist, oder Künstler, oder Bademeister... ja, auch Ihre Stimmen haben das Einheitsgewicht!

Wirklich!

Da können Sie jetzt doof sein, wie Sie wollen! Das ist ja der große Vorteil bei Demokratie - Intelligenz und Vernunft bringen keinerlei Punkte! Auf die Mehrheit kommt es an!

Was glauben Sie denn, wie der Donald Trump in Amerika Präsident geworden ist? Oder damals unser Adolf?

Nein, ich mach lieber keine Kreuze. Ich will nicht schuld sein, wenn bei uns womöglich auch so eine Witzfigur gewinnt. Die Franzosen sind ja auch nur ganz knapp an der Frau Le Pen vorbeigeschrammt.

Stellen Sie sich vor, bei uns gewinnt das scheinheilige Luder... äh, pardon! Keine Namen! Ich will da ja niemand zu nahe treten!

Gut, ich könnte meine Kreuze bei AfD machen, oder bei den Grünen, aber die kriegen auch ohne mich genug. Und außerdem... - ich gebe zu, dass das vielleicht ein bisschen sadistisch ist! - ... immer, wenn ich dann keine Kreuze mache, stelle ich mir vor, wie die sich alle ärgern, weil Sie von mir keine Kreuze kriegen. Und das ist ein sehr angenehmer Gedanke. Politiker ärgern sich!

Ansonsten sind die ja alle eiskalt. Die lassen sich wählen, dann regieren die, was die ja nie gelernt haben, und wenn sie dann am Ende abtreten müssen, werden sie für das, was sie zusammenregiert haben, nicht zur Verantwortung gezogen. Im Gegenteil. Die kriegen noch Abfindungen und Orden. Ordentliche Diktatoren werden wenigstens hinterher erschossen oder verbannt!

Zum Beispiel der Hussein! Oder andere werden dann posthum vom Sockel geholt! Posthum - das ist, nach dem Ableben. Zum Beispiel Stalin!

Nein, meine größte Angst ist, dass wirklich eines Tages alle bei der Wahl mitmachen und Kreuze kreuzen, die sich bis jetzt rausgehalten haben - die ganzen Nichtwähler!

Wer weiß, was die kreuzen?!!!

Warum haben die denn bis jetzt nicht gekreuzt? Na, weil keiner da war, den die ankreuzen wollten! Und so langsam Schritt um Schritt nähern sich aber welche, die die kreuzen wollen könnten!

Nein, so schön wie die Wählerei ist, sie ist nicht ganz ungefährlich!

Modeworte

Es gibt immer mal wieder so Modewörter, die aus der Jugendsprache kommen. Meistens sind es Wörter mit denen man sein Gefallen für etwas ausdrückt. Oh, das ist klasse! - zum Beispiel.

Wenn ich mich recht erinnere, war der Ausdruck "klasse" in den fünfziger Jahren des vorigen Jahrhunderts aufgekommen. Wenn etwas "klasse" war, musste das aber keinen Bezug zur führenden Rolle der Arbeiterklasse besitzen. Das "Klassesein" kam nicht direkt aus dem Vokabular des Klassenkampfes, sondern vieleicht eher aus der Ecke, dass etwas 'klassisch' ist. Klassische Musik zum Beispiel. Ja, es gibt Menschen, die klassische Musik klasse finden!

Dann irgendwann kam 'fetzt'. "Das fetzt ein!", sagte man, wenn etwas gut gefiel. Der Ursprung von 'fetzt' liegt sicherlich beim Zerfetzen von etwas, zum Beispiel das Zerfetzen des Zwerchfelles! Oder kam 'fetzt' von Fats Domino, einem Pionier des Rockn-Roll?

Die Benutzung des Wortes 'fetzt' wurde übrigens von meiner Großmutter nicht gut geheißen. Meine Oma sagte 'prima', wenn etwas schöner als einfach schön war.

Kurz vor der Wende kam vom Westen das Wort 'geil' in den Osten herüber geschwappt! Ich erinnere mich an eine Sendung im Ostfernsehen, wo eine Beatgruppe auftrat und deren Sänger das Publikum mit "Oh, ihr seid so geil!" - für den donnernden Applaus lobte. Dass man etwas 'geil' findet, hat sich über viele Jahre bis heute halten können. Lediglich eine Steigerung von 'geil' ist dann der Begriff 'oberaffengeil'. Ein berühmter Werbeslogan lautete - Geiz ist geil!

Der sexuelle Hintergrund von 'geil' machte das Wort wohl besonders interessant für die breite Verwendung, weil man sich damit auch als Nicht-Spießer verkaufen konnte. Spießer und andere anständige Leute verwenden 'geil' bis heute nicht. Meine Oma hätte sich eher die Zunge abgebissen, als das Wort zu verwenden.

Ein Wort für etwas nicht so Schönes, welches auch gern benutzt wird, um zu zeigen, dass man ein lockerer Typ und kein Spießer ist. ist der Begriff 'hinterfotzig'. Den habe ich noch nie benutzt. Ich begreife den einfach nicht. Rein anatomisch! Hinterlistig ist klar, aber hinterfotzig? Was ist denn dann vorderfotzig?

Nach der Wende wurde der Osten mit 'super' geflutet. 'Super' konnte sich in allen Gesellschaftsschichten und Altersklassen durchsetzen, wohl weil es weder sexuellen noch fäkalischen Hintergrund besitzt.

Als Gegenteil von 'super' machte sich das fäkalische Wort 'scheiße' breit und wurde gesellschaftsfähig. 'Scheiße' wurde zum meistgebrauchten Adjektiv in Fernsehkrimis und am Arbeitsplatz. Der englischamerikanische Begriff 'fuck' findet in der letzten Zeit alternativ zu 'scheiße' auch häufige Anwendung, konnte sich aber bei Leuten, wie ich einer bin, nicht recht durchsetzen, weil hier eine klare Übersetzung fehlt. Was bedeutet 'fuck'? Bedeutet es 'Mist' beziehungsweise eben 'Scheiße' oder was?

Im Wörterbuch stehen verschiedene Varianten, die ich jetzt hier nicht zitieren möchte. Die direkte Übersetzung wird mit 'ficken' angegeben. Wenn also jemand wutentbrannt das Wort 'fuck' ausstößt, fordert der dann Geschlechtsverkehr, den ihm der Himmel schenken soll? Oder was soll es bedeuten?

In den letzten Jahren kamen relativ harmlose Worte wie 'cool' oder 'krass' in Ergänzung zu 'geil' auf.

Man kann wahrscheinlich keine Worte mehr finden, die noch abgefuckter sind, als die es schon gibt.

Interessant hingegen sind einige Wortkreationen der Jugendsprache, die bildlich oder beinahe satirisch sind: Zum Beispiel - Ameisentitten für Gänsehaut! Oder - Hagelschaden für Cellulitis. Faltenbügler für Schönheitschirurg. Deppenzepter für Selfiestick. Bürgersteindeko für Hundehaufen. Mafiatorte für Pizza. Gurkendomina für Vegetarierin.

Übrigens Vegetarier allgemein - Leute, die ihre Wurst beim Gärtner kaufen.

Geil finde ich auch den Begriff "Unterhopfung" für den Zustand, dringend ein Bier gegen den Durst zu benötigen. Fuck you Cola!

Gruseln lernen

Am Mittwoch war Feiertag, weil da der Tag der Deutschen Wiedervereinigung war. Ich will jetzt nicht behaupten, dass der Tag überall gefeiert wurde.

Und am Sonntag ist der Tag der Deutschen Demokratischen Republik. Ich will jetzt nicht behaupten, dass der Tag nicht gefeiert wird. Zum Beispiel hat ja mein Enkel am 7. Oktober Geburtstag. Da feiern wir natürlich doppelt!

Aber so allgemein scheinen die Tage doch sehr dazu anzuregen, sich zu erinnern - an die Zeitläufe zwischen den beiden Tagen. Da lagen ja rund vierzig Jahre dazwischen. Vierzig Jahre Aufbau des Sozialismus. Leider waren die Sozialisten, die den Sozialismus aufbauen wollten auch keine Übermenschen, sondern welche, die oft das, was sie mit den Händen aufbauten, mit dem Hintern wieder umgeschubst haben. Unter den führenden Genossen soll es welche gegeben haben, die hatten einen Hintern wie eine Abrissbirne, sagen manche Zeitgenossen.

Andere haben ihre Hände geschont und haben sich was einfallen lassen. Halbe Städte, die hunderte Jahre gebraucht hatten, um zu einer Stadt zu wachsen, waren zur Wende kurz vorm Kompletteinfall. Auch in Bautzen beispielsweise wartete man auf den finalen Bautz! Und so gesehen muss man tatsächlich sagen, dass die neuen Bundesländer zu blühenden Landschaften wurden. Wenn man durch die Lande fährt - selbst durch die hintersten Hinterwalddörfer! - überwiegend alles schmuck und renoviert und schön angemalert!

Leider findet aber in vielen Dörfern und Orten kein Leben mehr statt. Es gibt weder Einkaufsmöglichkeiten, noch Gaststätten. Es rechnet sich nicht mehr! Erst kamen die großen Einkaufszentren, die die Bedürfnisse der Regionen abdeckten, dann kam der Online-Handel dazu.

Natürlich gibt es auch die zähen Exemplare unter den 'Sich-nicht-mehr-rechnenden', die sich noch irgendwie über dem Bruchstrich halten, aber der Trent ist klar und geht asymptotisch gegen Null. Das ist übrigens nicht nur in den neuen Bundesländern so. Diesbezüglich kann man wirklich von zusammenwachsen sprechen! Oder man spricht von einem gemeinsamen Absterben der Infrastrukturen im ländlichen Bereich. Es verödet, was öde ist!

Ob das viel anders wäre, wenn es den Tag der Wiedervereinigung nicht gegeben hätte, glaube ich nicht.

Vielleicht wäre es im Osten etwas langsamer vorangegangen mit dieser ergebnisorientierten Rechnung, aber letztlich... - oder?

Oder hätte eine sozialistische Gesellschaft Möglichkeiten gehabt, solche Entwicklungen zu steuern? Naja, eine richtige sozialistische Gesellschaft vielleicht, aber wo hätte die herkommen sollen? Alleine mit dem Hurra-Optimismus des 'Neuen Deutschlands' hätte man nichts erreichen können.

Und das scheint mir wirklich der Knackpunkt zu sein. Auch andere Probleme wie Umweltschutz oder Kulturbewahrung oder Völkerverständigung... - hätten... wären... könnten... vielleicht... - wenn es nicht so gelaufen wäre, wie es gelaufen ist...

Nein, lassen wir die Spekulationen. Es gab in der Wendezeit bekanntlich einige Leute, die hatten gehofft, man könnte mit dem Aufbau eines echten Sozialismus beginnen, aber die waren doch zu sehr in der Minderheit. Die Mehrheiten wollten das, was sich dann so entwickelt hat, wie man es vielleicht gar nicht so wollte. Und wenn man heute in die Welt schaut... - also, wenn man als jemand, der vor dem Tag der Wiedervereinigung schon mal in die Welt schauen konnte, in die Welt schaut, dem graust es gewaltig angesichts dessen, was sich in der Welt abspielt. Die hemmungslose Profitgier! Globale Ausbeutung! Digitalisierung! Nirgendwo ein Hoffnungsschimmer am Horizont! Die Guten haben weltweit verloren! Oder glaubt einer, dass die Digitalisierung dazu dient, die armen Völker Afrikas langsam reicher zu machen?

"Von einem der auszog, das Gruseln zu lernen" - so heißt ein bekanntes Märchen der Gebrüder Grimm. Ein spätfeudaler Aktionthriller!

Wer heute auszieht, das Gruseln zu lernen, der muss nicht weit ziehen. Da reicht es eigentlich in die Röhre zu gucken. Oder ins Internet! Nein, es kann sich beim besten Willen niemand beschweren, das Gruseln nicht lernen zu dürfen. Auch Arzt- und Pfarrerskinder dürfen!

Das Verhalten zeugungsunfähigen Paare im lauwarmen Wasser

Vorangestellt sei, dass ich nicht von gleichgeschlechtlichen homosexuellen Paaren sprechen möchte, die in keiner Lebensphase zeugungsfähige Paare bilden können, weil eben zur Zeugung jeweils ein männlicher und ein weiblicher Partner gehören. Nein, ich habe heterogene Paare im Auge, die einmal zeugungsfähig waren, und vielleicht auch einige Kinder gezeugt haben, aber nun dem Alter Tribut zollend, beim Geschlechtsverkehr keine Angst mehr vor einer möglichen Schwangerschaft haben müssen. Den wesentlichen Beitrag zu dieser entspannten Situation liefern die weiblichen Teile der Paare, die das Klimakterium erfolgreich bewältigt haben und nun keinen Eisprung mehr zustande bringen, geschweige einen Sprung vom Dreimeterbrett. Die männlichen Teile der Paare könnten wohl mit jüngeren Partnerinnen durchaus noch Kinder zeugen, aber bei den Paaren, die ich seit geraumer Zeit zu observieren pflege, kommen solche jungen Partnerinnen höchst selten vor. Die meisten der Paare sind ungefähr gleichaltrig. Ob verheiratet oder nicht, erkennt man am Umgang miteinander. Die verheirateten Paare benehmen sich im lauwarmen Wasser nicht viel anders als in der Kaufhalle. Man hilft sich gegenseitig bei der Bewältigung der anstehenden Schwierigkeiten.

Interessant und auffällig sind die anderen, die vielleicht auch mit irgendwem verheiratet sind, nur nicht mit dem Partner, mit dem sie sich im lauwarmen Wasser vergnügen, und wohl in Kurhotels der Umgebung zu den schattenspendenden Exemplaren gehören.

Meine Obervierungsgegenden sind also Badelandschaften und Thermalbäder.

Ich gehöre nämlich mittlerweile auch zu jener Altersklasse, die das Baden in heilkräftigen Thermalbädern gegenüber Schwimmhallen mit endlos langen Bahnen bevorzugen. Wenn ich in der mineralhaltigen Brühe herum dümple, spüre ich zutiefst, wie das meinem Körper gut tut und wie sich meine Gesundheit stabilisiert. Besonders die Gelenke jubilieren. Erschreckend allerdings jedes Mal, wenn man aus dem Wasser steigt, und dann wieder das volle unerbittliche Eigengewicht zu spüren bekommt. Am besten also, man bliebe für immer im Wasser!

Wohltuend sind auch die verschiedenen Wasserspeier und Massagedüsen, die den Körper durchwalken und schütteln. Auf dem Sprudelbett kann man die Augen schließen und von schönen Dingen träumen. Besonders intensiv wird man von den Düsen, die das Wasser aus dem Boden des Bades wie Geysire hervorschießen lassen, durchgeschüttelt. Und alles ohne sich anstrengen zu müssen. Sehr angenehm!

Störend bei meinen Besuchen in Thermalbädern - egal in welchem, ob Bad Sulza, Bad Düben, Bad Schlema, Bad Elster... - es ist überall dasselbe! Also, störend und verstörend wirken auf mich jene zeugungsunfähigen heterogenen Paare, die sich in dem lauwarmen Wasser benehmen, wie die Kröten zur Paarungszeit.

Es sei angemerkt, dass sich auch oft jüngere Paare, die sich augenscheinlich noch im Stadium der Zeugungsfähigkeit befinden, nicht wesentlich anders verhalten, nur eben verstört mich das nicht so sehr. Ich hake das bei den zeugungsfähigen Paaren unter "Natur" ab. Und außerdem gewähren mir die jüngeren Paare beim Verlassen des Wassers nicht selten einen wohlwollenden Blick auf ihre jungen Körper. Speziell, was die weiblichen Teile der jungen Paare betrifft.

Bei den zeugungsunfähigen Paaren meiner Generation bin ich froh, wenn die im Wasser drin sind und ihre Körper nicht mehr meinen Sehnerv reizen. Vielleicht sollten Leute ab einem bestimmten Alter nur noch mit Burka am Badebetrieb teilnehmen dürfen. Man kann manchmal nicht so schnell die Augen zukneifen, wie ein beinahe nackter Körper um die Ecke kommt. Am FKK-Strand oder in der Sauna ist das übrigens noch extremer!

Jedenfalls - auch wenn sich die Körper jener zeugungsunfähigen Paare im lauwarmen Wasser verbergen, bleibt mir doch ihr Benehmen nicht verborgen. Und es bleibt dabei - ich kann mein Urteil nur noch einmal unterstreichen - wie die Kröten zur Paarungszeit. Man hat ständig die Angst, dass sie im nächsten Augenblick koitieren könnten.

Die anderen Leute

Ich weiß nicht, ob der Begriff 'Leute' sich vielleicht von Meute ableitet, aber meistens sind die anderen Leute in der Mehrheit und bilden eine mehr oder weniger große Meute.

Es kommt natürlich auch oft vor, dass man einem einzelnen Leut begegnet. Die Leute, das Leut!

Die Begegnung mit einem anderen Leut kann unter Umständen - im finsteren Wald zum Beispiel - sehr beängstigend sein. Im Fahrstuhl ist es mehr lästig und bedrückend.

Wenn man das andere Leut kennt, ist die Begegnung allerdings noch einen Zacken brisanter. Da muss man grüßen und reden. Meine Gutste hat da keine Probleme. Und wenn es eine Bemerkung über das anstehende Wetter ist, irgendwas fällt der sein, was sie sagen kann. Ich steh da und schweige verbissen.

Wobei - die Verbissenheit meines Schweigens ist ganz und gar nicht gegen das andere mir bekannte Leut gerichtet, das mir da zufällig begegnet ist, sondern gegen mich selbst. Ich könnte mich in den Hintern beißen, weil mir nichts zu sagen einfällt. Froh bin ich immer, wenn ich mich mit solchen Floskeln wie 'Mahlzeit' oder 'Moijen' aus der Affäre ziehen kann. Auch ein 'Hallo' ist oft möglich, wenn man dem anderen Leut in entgegengesetzter Bewegung befindlich begegnet. Kompliziert sind hingegen die statischen Begegnungen wie eben im Fahrstuhl, in der Straßenbahn oder in der Schlange vor der Kasse im Supermarkt. Wenn ich rechtzeitig bemerke, dass ich mich in solch eine Situation zu bringen drohe, leite ich sofort Vermeidungsaktionen ein. Wenn sich die Fahrstuhltür öffnet und es steht ein Leut drin, das auch nach unten will, wie ich, drehe ich mich schnell weg, schlage mir vor die Stirn und murmle was von Schlüssel vergessen. In der Kaufhalle gehe ich schnell nochmal eine Runde durch die Regale und beobachte, wann das betreffende Leut endlich bezahlt hat. In der Straßenbahn bleibt manchmal nur Aussteigen.

Am liebsten ist es mir deshalb eigentlich meistens, wenn ich von Begegnungen mit anderen Leuten verschont bleibe. Sehnsucht nach Geselligkeit habe ich selten.

Die anderen Leute sind aber auch manchmal komisch! Oft sogar! Wenn nicht meistens!

Ich frage mich oft, wie diese komischen Leute eigentlich mit sich selbst auskommen können. Müssen die sich nicht eigentlich selbst andauernd auf den Geist gehen? Oder sich auslachen?

Bestimmt tun sie das! Es gibt ja sogar Leute, die sich vor Wut selbst züchtigen! Und manche bringen sich selbst um!

Nein, soweit würde ich mit mir nicht gehen. Selbstzüchtigung kommt vor! Wenn ich wiedermal verkatert bin, weil ich ein Bier zuviel getrunken hatte, dann züchtige ich mich oft mit dem Trinken von Wasser. Aber meistens komme ich eigentlich mit mir ganz gut aus und sehe keinen Anlass mich irgendwie zu züchtigen. Überhaupt stehe ich mir nur ganz selten kritisch gegenüber. Das überlasse ich meiner Gutsten. Die hat eigentlich immer was rumzumeckern an mir.

Bloß gut, dass ich nicht in die gleiche Kerbe schlage! Das könnte mich am Ende womöglich doch an meiner Perfektion und Seelengüte zweifeln lassen! Nein!

Aber die anderen Leute - die tun mir echt leid! Was bleibt denn denen übrig, sich kritisch zu sehen? Und dabei sehen die sich ja selbst nur aus der eigenen Perspektive und nicht aus meiner! Wenn die anderen Leute sich aus meiner Perspektive sehen könnten, käme es zu einer Massenausrottung.

Aber nicht, dass ich etwas gegen andere Leute habe! Ich bin kein Menschenhasser! Ich kann schließlich nichts dafür, dass die Leute sind, wie sie sind! Doch die Leute können sich natürlich einer gewissen Verantwortung für ihr Sein nicht entziehen. Sicher werden die grundlegenden Charaktereigenschaften und das Benehmen der Leute in der Kindheit durch die Eltern und Omas geprägt, aber jedes Individuum hat auch die Verantwortung für seine Selbstbefriedigung. Man darf nicht immer warten, bis andere Leute helfen! Selbstbefriedigung meine ich natürlich im umfassenden Sinne, nicht nur sexuell!

Ja, man muss mit sich selbst Frieden schließen können! Wie ich mit mir!

Aber wie sollen das die anderen Leute hinkriegen? Die Ärmsten!

Und das ist die Stelle, wo ich dann die anderen Leute nicht mehr hassen kann, sondern wo sie mir anfangen Leid zu tun!

Anputz

Die Menschheit scheint einen weitverbreiteten Hang zum Anputzen zu haben. Oder besser gesagt - einen Hang zur Verkleidung! Der Fassade wird nicht nur in der Architektur eine große Rolle zugebilligt. Mit einer attraktiven Fassade lässt sich mancher körperlicher Defekt übertünchen. Auch PKWs eignen sich durchaus als Fassade für ein marodes Innenleben.

Außen hui, innen pfui!

Es dürfte kein Volk der Erde existieren, das kein Fest in seiner Kultur verankert hat, bei dem sich nicht alle verkleiden und anputzen müssen - bis zur totalen Erkennungsunmöglichkeit!

Man könnte von einer globalen Verbreitung der "Fassadomanie" sprechen!

Bei manchen dieser Feste reicht es aber auch schon aus, wenn man sich stark entblößt. Wichtig ist jedenfalls, dass die äußeren Hüllen nicht den alltäglichen Vorschriften und Sitten für die Bekleidung entsprechen.

In der Bundesrepublik kennt man den Maskenball, das Kostümfest, den normalen Fasching und dazu die feminine Variante des Weiberfaschings, dann den Karneval, Christopher-Street-Day, Zombi-Walk, Wave-Gothic-Treffen oder die PEGIDA-Aufmärsche, wo erwachsenen Menschen ihre Masken ablegen und ihre wirklichen Larven zeigen.

Hier in unseren Breitengraden war, wenn ich mich recht erinnere, immer Fasching.

Also, normaler Fasching!

Die feminine Variante des Weiberfaschings kam erst nach der Wende zu uns in den Osten geschwappt. Weiberfasching ist immer an einem Donnerstag gegen Ende Februar. Es ist kein gesetzlicher Feiertag. Inwieweit aktive Feministinnen und Frauenrechtlerinnen zu den Verfechterinnen des Weiberfaschings gehören, ist umstritten. Alice Schwarzer wurde in früheren Jahren allerdings oft bei solcherlei Festen gesichtet.

Bei Weiberfasching - habe ich mir berichten lassen - werden normale Frauen zu Hyänen. Sie rennen mit großen Scheren herum - besonders beliebt sind Gartenscheren der Marke ' Schnipp-schnappi'!-, und schneiden alles ab, was herunterhängt. Meistens soll es bei Schlipsen und Krawatten der Männer bleiben. Aber Vorsicht ist jedenfalls geboten!

Der normale Fasching war bei uns Kindern damals sehr beliebt. Wir gingen als Cowboys und Indianer. Ich war meistens Chinggachgoog, die dicke Schlange! Der Vorteil, den die Cowboys hatten, das war die Pistole, die mit zum Kostüm gehörte. Aber meine Eltern waren sehr pazifistisch eingestellt. Es gab schon beim Tomahwk, was zu Chinggachgook dazugehört, jedes mal große Auseinandersetzungen.

Die Liebe zum Anputzen ist mir bis heute geblieben. Und meine Gutste scheint da auch ganz nach mir zu kommen. Jeden Tag einen anderen Anputz! Zwei Tage hintereinander mit derselben Bluse ins Amt? Da könnten ja die Kolleginnen denken, wir wären ins Asoziale abgerutscht. Nein, meine Gutste, jeden Tag mit einem anderen Anputz. Übrigens sehr zur Freude vom Bon-prix-Modeversand! Oder Ulla Popken!

Auch bestimmte männliche Berufsgruppen sind förmlich zum Anputz gezwungen. Zum Beispiel Bankangestellte und Manager! Ab einer gewissen Gehaltsstufe haben die Anzug, Hemd, Krawatte und geputzte Schuhe zu tragen. Und jeden Tag frisch!

Ja, die putzen sich jeden Tag an, als wenn Sonntag wäre oder Pfingsten - jeden Tag wie die Pfingstochsen!

Deswegen eignen sie sich auch besonders gut als Opfer beim Weiberfasching. Wegen der Krawatten!

Was bei mir den alltäglichen Anputz betrifft - damit falle ich nicht ins Beuteschema der Faschingsweiber. Wenn ich mein Polo-Shirt vierzehn Tage getragen habe, habe ich mich ja gerade erst richtig eingewohnt in das Polo-Shirt. Und das müffelt dann auch noch nicht!

Aber meine Gudste versucht mir meine Polo-Shirts immer schon weit vor der Müffelgrenze wegzunehmen und zwingt mir ein anderes Shirt auf, das ich eigentlich schon längst vergessen hatte.

Aber sobald es gewaschen ist und wieder auf Stapel liegt, ziehe ich es wieder an.

Nein, Shirts, die einmal im Stapel ganz unten liegen, haben keine Chance mehr, von mir jemals getragen zu werden. Das ist auch bei den Unterhosen so.

Bei den Drüberhosen kann es mal passieren, dass ich einen ungewollten Wechsel vollziehe, weil die ja so nebeneinander an der Stange hängen. Aber meistens zieh ich die an, die überm Stuhl hängt. Bis sie weg ist.

Wobei - nicht dass Sie denken! - ich habe auch einen guten Anzug - mit passender Krawatte. Und ich weiß sogar, wo der hängt! Der hängt im Schlafzimmer in dem großen Schrank hinten ganz links! Und den zieh ich an - unter Androhung von Schlägen -, wenn mich meine Gutste zur Kultur treibt. Die Abnutzungser-scheinungen halten sich bisher in Grenzen.

Ich putz mich an, wenn Fasching ist!

Glück

`6 aus 49', 'Keno' oder 'Eurojackpot' sind Glücksspiele. Das bedeutet, dass man bei diesen Spielen Glück haben muss. Nur Glück! Ansonsten kannst du ein totaler Vollpfosten sein!

Das ist wie beim Erben!

Bei Glückswetten im Pferdesport oder bei Hunderennen oder Boxen, kann es nichts schaden, wenn man weiß, was beispielsweise Pferde sind. Oder beim Boxen kann es nützlich sein zu wissen, welcher der beiden Gegner die härtere Linke schlägt, aber man muss selbst nicht mitmachen.

Bei anderen Spielen - Tennis, Poker, Fußball, Maumau etc.pp. - braucht man, um erfolgreich mitmachen zu können, außer Glück auch gewissen Fähigkeiten sowie Kenntnisse über das geltende Regelwerk. Übung und Ausdauer sind oft unverzichtbar. Glück alleine nützt nichts, aber ohne Glück wird auch nichts Gescheites draus!

Das ist ja im Leben sehr häufig der Fall, dass man zu all dem, was man tut, ein Quäntchen Glück braucht.

Man muss die Nägel auf den Kopf treffen!

Wenn man daneben haut, ist es Pech - und oft der Daumen das leidtragende Körperteil.

In bösartigen Fällen kann Pech tödlich sein.

Hier seien dazu nur mal zwei Beispiele angeführt:

Erstes Beispiel - Christoph Columbus: Als der den Seeweg nach Indien finden wollte, hatte er Pech und hat Amerika gefunden. Das war für Millionen von

Indianern und anderen Ureinwohnern Amerikas tödlich!

Oder als in Berlin zur Wende die Mauer abgerissen wurde. Die hätte man jetzt noch so gut in Mexiko verwenden können!

Bei den Lotto-Glücksspielen gibt es kein Pech. 'Nicht gewinnen' ist normal und entspricht den Gesetzen der Wahrscheinlichkeit.

Pech wäre es allerdings dann, wenn man mit Glück gewonnen hat, aber dann den Lottoschein verbummelt.

'Nicht gewinnen' besitzt aber, auch wenn es nicht unter 'Pech' verbucht werden kann, doch eine eigene unverwechselbare Eigenheit - 'nicht gewinnen' ist teuer!

Ich möchte gar nicht nachrechnen, wie viel mich das 'nicht gewinnen' schon gekostet hat. Mal nur ganz grob näherungsweise und überschlägig - vierzig Jahre lang jede Woche...

Gut, ich müsste natürlich die Gewinne, die ich hatte, gegenrechnen! Also, soundsoviel tausend Wochen, mal soundsoviel Geldeinsätze... abzüglich drei Gewinne unter hundert Mark...

Es hat keinen Sinn, dieses Exempel zu lösen.

Zu DDR-Zeiten war ja 'nicht gewinnen' noch relativ erschwinglich. Die DDR-Mark war nicht viel wert. In der Schweiz bekam man damals für eine Mark keine müde Pesete!

Aber schon mit der Einführung der D-Mark nach der Wende wurde 'nicht gewinnen' beträchtlich schmerzhafter.

Glück hingegen verdoppelte und vervielfachte seinen Wert.

Da man heutzutage nur mit Glück oder der richtigen Geburt zu Wohlstand, Ruhm und Reichtum kommen kann, ist Glück schier unbezahlbar geworden.

Aber wie kommt man nun zu Glück?

'Glück haben' ist Glückssache, sagt meine Gutste. Damit ist aber nichts erklärt und alles weiterhin völlig offen.

Ich kenne die alttestamentarische Weisheit - 'Glück ist ein Rindvieh und sucht seinesgleichen!'

Aber auch diese Weisheit scheint veraltet und schrottreif zu sein. Denn wenn sie noch gültig wäre, wer dann alles Lottomillionär werden müsste! Oder hätte geworden sein müssen?!!!!

Oder geben die bloß nicht öffentlich zu, Millionär geworden zu sein?

Damit keiner merkt, dass sie Rindviecher sind?

Und wer weiß, zu welcher Art von Trampeltieren die gehören müssen, die Milliarden bei irgendwelchen Spielchen gewinnen konnten?

Wie geht die Steigerung von Rindvieh?

Frauentag

Wir haben heutzutage für die Frauen, also für das weibliche Geschlecht unter den Leuten zwei Gedenktage - den Frauentag und den Muttertag! Der Frauentag, oder internationaler Frauentag ist immer am 8. März. Das war schon zu früheren Zeiten so. Da wurden übrigens die Frauen in den volkseigenen Betrieben von den Männern verwöhnt und bekamen Blumen geschenkt.

Muttertag ist immer am zweiten Sonntag im Mai. Beide Tage sind keine Feiertage, sondern Tage wie zum Beispiel der 'Tag des Artenschutzes' oder 'Tag der 'Erdnussbutter-Liebhaber'.

Der 8. März ist übrigens gleichzeitig auch der 'Ziehdich-raus-Tag' - ich betone 'raus' und nicht 'aus'! - und der 'Tag des Korrekturlesens'. Der Muttertag fällt in diesem Jahr zusammen mit dem 'Tag der Gurke' und dem 'Minigolftag'.

Es gibt übrigens immer am 19. Novemebr auch einen 'internationalen Männertag', sagt 'Wikipedia', von dem man aber bisher noch nicht viel gehört hat. Wahrscheinlich wird er durch die am gleichen Tag stattfindenden 'Welttoilettentag' und 'Spiel-Dudelsack-Tag' überlagert.

Ich kenne seit meiner Kindheit den Vatertag. Der Vatertag ist der 1. August, weil der Vater in der Familie der erste August ist, sagte mein Vater immer.

Der Vollständigkeit halber muss ich nun auch noch den Himmelfahrtstag nennen, der gemeinhin als Männertag gilt und auch als solcher gefeiert wird. Weitestgehend ohne Frauen!

Der Männertag fällt in diesem Jahr auf den 30.Mai, auf den auch der 'Ein-Loch-ist-im-Eimer-Tag' und der 'Gieß-eine-Blume-Tag' fallen.

Beim Frauentag geht es immer um die Rechte der Frauen in der Welt. Beim Muttertag geht es um die Rolle der Frau als Mutter, also als Gebärende, als Kinderproduzentin. Beim Vatertag geht es um ein ordentliches Besäufnis.

Wobei der weltweite und zähe Kampf der Frauen um Gleichberechtigung und die ganze Genderbewegung in der Gesellschaft nun schon dahin geführt haben, dass auch am Himmelfahrtstag besoffene Frauenhorden - oder Frauinnen-Horden - durch den erwachenden Frühling ziehen und hinter Büsche und Bäume pinkeln und kotzen. Das Bier muss schließlich irgendwo wieder raus! Ob nun oben oder unten, ob im Stehen oder Sitzen... - egal!

Ein weiterer großer Sieg der Frauenbewegung wird übrigens auch in der Medienpräsenz von Frauen deutlich. Auch ohne irgendeine Quotenregelung übersteigt die Zahl der Frauen in ausgewählten Positionen - vornehmlich im horizontalen Bereich - die Zahl der Männer um ein Tausendfaches. Das Geschlecht der Frau hat sich dank des Internets und der allgemeinen Digitalisierung gegenüber dem männlichen global eine dominierende Rolle erobert.

Trotz dieser einseitigen Dominanz ist die Gemengelage auf dem Geschlechtersektor höchst unübersichtlich geworden. Eigentlich ist auch die Unterscheidung der Tage nach dem althergekommenen Geschlechtermuster abzulehnen. Statt Frauen und Männertag sollte es wie bei den Toiletten vielleicht besser einen 'Alle-Geschlechter-Tag' oder 'Jedwedengeschlechts-Tag' oder so was geben? Wie bei Toiletten - die heißen ja übrigens 'Unisex-Toiletten'! Also wäre vielleicht 'Unisex-Tag' ein passender Name?

Namen bei denen man nicht merkt, was der Träger des Namens für ein Geschlechtsgenosse, bzw. für eine Geschlechtsgenossin ist, heißen ja auch 'Unisex-Namen'. 'Unisex-Namen' sind beispielsweise Alex, Kim oder Tracy. Moderne Eltern, die ihren Kindern nicht vorschreiben wollen, welche Geschlechterrolle sie einmal im Leben gern ausfüllen möchten, geben ihren Sprösslingen solche unverbindlichen Namen. Nein, Detlef ist dann schon wieder ziemlich verbindlich!

Bei 'Detlef' werde ich allerdings an den 'Christopher-Street-Day' erinnert. Das ist ein Fest-, Gedenk- und Demonstrationstag von Lesben, Schwulen, Bisexuellen und Transgendern. An diesem Tag wird für die Rechte dieser Gruppen sowie gegen Diskriminierung und Ausgrenzung demonstriert. Der Termin ist dieses Jahr der 27. Juli. Es ist sinnigerweise gleichzeitig der 'Geh-mit-deiner-Hose-spazieren-Tag' und der 'Unterhalte-Dich-im-Fahrstuhl-Tag'.

Aber eigentlich wollte ich nur daran erinnern, dass am Freitag der 8.März ist, an dem man als Mann seiner Frau als Zeichen von Sympathie und Zuneigung vielleicht mal ein Kuss auf die Backe geben sollte. Also... - bloß mal als Anregung!

Experten

Ich bin nachgewiesenermaßen auf vielen Gebieten ein großer Experte, aber die Experten, die so in der Zeitung zu Wort kommen, sind irgendwie ganz anders als ich. Die sind immer irgendwie total überzeugt von dem, was sie sagen. Aber als echter Experte, wie ich einer bin, weiß man doch, dass man immer alles von verschiedenen Seiten betrachten kann - und muss. Einseitige Betrachtungen sind für echte Experten, wie ich einer bin, echt unter der Gürtellinie!

Mir scheint manchmal, dass solche einseitigen Experten, wie sie meistens in der Presse und im Fernsehen gehäuft auftreten, eine günstige Bankverbindung besitzen, die... - wobei ich natürlich niemandem etwas unterstellen will. Wirklich nicht!

Aber gerade bei den weltbewegenden große Themen wie Klimaschutz und Umweltverschmutzung -

was haben wir da nicht schon an Experten in den letzten Jahren gehört, die eindeutig nachgewiesen haben, dass der Mensch die Klimaveränderungen zu verantworten hat. Dann die andere, etwas kleinere Fraktion mit Donalds Trump an der Spitze, die uns erzählen, dass es ganz normale Schwankungen im Klimageschehen sind, die wir erleben. Schwankungen wie sie schon seit Jahrtausenden immer wieder auftreten. Und alle Experten leben nicht gerade am Rand der Armutsgrenze!

Oder dann die, die den Dieselautos den schwarzen Peter in die Schuhe schieben! Immer wieder und wieder!

Die hundert Lungenärzte, die da kürzlich gesagt haben, dass die ganzen Messungen von Feinstaub und so, dass das alles völlig unsinnig sei; dass Dinge gemessen würden, die für die Menschen gar nicht gefährlich sind; und Feinstaub würde es schon immer geben in der Atmosphäre, sonst könnte es gar keine Regenbildung geben... - die sind schon wieder resonanzlos überstimmt.

Auch Leute, die darauf hinweisen, dass der Dieselmotor wesentlich umweltfreundlicher in der Gesamtbilanz ist, wie der Benziner, hört man kaum.

Und wo bleiben in der Umwelt-Diskussion die Flugzeuge? Die größten und schlimmsten Umweltschädlinge! Und die wachsende Flotte der Kreuzfahrtschiffe?

Gerade kürzlich durfte da wieder so ein Branchenexperte in der Zeitung seine Meinung ausbreiten, dass "es kein zurück zum Diesel" gibt. Nicht zu fassen!

Meint der wirklich, dass die gesamte Dieselflotte, die auf den Autobahnen unterwegs ist - vom Kleintransporter bis zu den Riesenbrummis -, dass die auf Elektromotoren umgerüstet werden können?

Der tut so, als wäre das Dieselproblem nur für die Personenautos relevant! Aber selbst für die Personenautos ist eben der Dieselmotor gar nicht so teuflisch!

Leider bin ich ein Experte, der seine Grenzen kennt.

Leider kann ich nicht hinreichend begründen, warum der Dieselmotor der umweltfreundlichere Antrieb, gegenüber dem Benziner oder dem Elektroauto ist. Aber es liegen entsprechende Zahlen und Berechnungen von Wissenschaftlern vor. Die Gesamtenergiebilanz der Elektromobilität sieht so rosig nicht aus. Was an Umweltverschmutzung beim Fahren eingespart wird, wird bei der Energiebereitstellung und Energieerzeugung verschleudert. Das sind doch eigentlich ganz einfache Zusammenhänge. Da muss man wirklich ein sehr großer Experte sein, dass man die ignorieren kann. Man muss nicht nur blind, man muss mit Taubheit geschlagen sein!

Und nochmal was Diesel betrifft - In Deutschland gibt es 43,8 Millionen Autos. 30 Millionen sind Benziner, 15 Millionen Diesel. Dazu kommen aber 8 Millionen LKW und andere Nutzfahrzeuge mit Dieselantrieb. Mit Benzinmotoren gibt es nur wenige LKWs und Nutzfahrzeuge.

Also, ganz grob - es gibt doppelt zwar soviel Diesel-PKWs wie Diesel-Nutzfahrzeuge, aber wer verbraucht wohl mehr Dieselkraftstoff?

PKWs stehen doch hauptsächlich herum und haben einen relativ geringen Verbrauch. Nutzfahrzeuge rollen jeden Tag beinahe rund um die Uhr und haben einen hohen Verbrauch. Sowas könnten sich echte Experten wirklich genau ausrechen. Und dann würden sie darauf kommen, dass das Problem nicht die Diesel-PKWs sind. Jedenfalls nicht unter dem Umweltaspekt.

Schulschwänzer

Schule schwänzen für den Umweltschutz - das ist doch wirklich eine prima Idee!

Weltweit machen die Schüler mit. Statt in der Schule herumzusitzen, gehen sie freitags mit Plakaten auf die Straße. Vielleicht freuen sich auch die Lehrer über den freien Tag?

Auf den Plakaten, die viele von den Schwänzern dabei haben, stehen Losungen wie "Rettet die Umwelt!", oder "Make love, not CO2", oder "Mehrheit gegen Eiszeit".

In der Zeitung war auf einem Foto die Losung "Bitte verlassen Sie diesen Ort so, wie Sie ihn vorzufinden wünschen" zu lesen. Ein Mädchen hielt das Plakat mit dieser Losung mit beiden Händen völlig unbekümmert über ihrem Kopf und schaute ganz energisch drein.

Diese Losung hatte ich früher schon einmal auf einer Zugtoilette gesehen und gelesen. Damals hatte ich mir gedacht, dass diese Aufforderung etwa übertrieben sei. Wie soll ich denn ohne jegliche Reinigungsmittel und Geräte die Toilette in den Zustand versetzen, in dem ich sie vorzufinden wünsche? Nur mit ein paar Papierhandtüchern aus dem Handtuchspender und ein bisschen Flüssigseife hätte das Stunden gedauert!

Was nun den Zustand der Umwelt betrifft, dürfte das Unterfangen, vor dem Verlassen der Welt einen wünschenswerten Zustand herzustellen, auch ziemlich aufwendig bis unmöglich sein. So schön ich es auch finden würde, wenn man es schaffen könnte, so wenig glaube ich an eine Möglichkeit der Umsetzung. Seit es Menschen auf der Welt gibt, bemühen die sich, die Welt zur Sau zu machen. Zur Sau - nicht sauber!

Es müssten völlig neue Menschen her, damit man darauf hoffen könnte, dass wer solange saubermacht, bis alles so ist, wie man sich es wünscht.

Mit Schwänzen ist da sicherlich nichts zum machen. Wobei natürlich das Schwänzen an sich auch noch keine umweltverbessernde Maßnahme ist - noch keine Sonderschicht oder ein Subotnik oder so etwas -, es ist ja erst eine Aktion, die munter machen will, die Aufmerksamkeit erregen will, damit andere endlich mal was machen! Die Politik zum Beispiel!

Wie die schwedische Schülerin Greta Thunberg auf die Idee gekommen ist mit der Streikerei für die Umwelt, kann ich mir nicht genau erklären. Vielleicht hatte sie eines schönen Freitags keine Lust auf Schule und ist zu Hause im Bett geblieben. Und als dann der Knatsch anfing... - warum hast du die Schule geschwänzt? Und so... - und ihr erhebliche Repressalien drohten, wie zum Beispiel Handyentzug oder WLAN-Sperre im Kinderzimmer, da schoss ihr vielleicht als Ausrede... - aber ich will den edlen Motiven von Greta nicht zu nahe treten. Greta ist ja nicht so wie ich. Bei mir hätte ich mir vorstellen können, dass ich auf so eine Ausrede gekommen wäre, wenn ich geschwänzt hätte und dann hätte erklären müssen, warum. Wegen der Umwelt!

Warum "Schwänzen" eigentlich "Schwänzen" genannt wird, ist mir übrigens schon immer ein Rätsel gewesen. Was hat denn das mit "Schwanz" oder "Schwänzen" zu tun?

Aber man kann nicht nur die Schule schwänzen, sondern auch eine Vorlesung, oder eine Weiterbildungsmaßnahme, oder eine Parteiversammlung, oder das Training...

"Schwänzen' bedeutet immer, dass man nicht dorthin geht, wo man eigentlich hingehen müsste. Aber am häufigsten wird eben doch die "Schule geschwänzt"!

Der Grund für das Schwänzen kann beim Schuleschwänzen vielfältiger Natur sein - angefangen bei notorischer Faulheit, bis hin zu Bildungsallergie. Ich habe, wenn ich mich recht erinnere die Schule nur ein einziges Mal geschwänzt. Ich hatte Angst vor einem angekündigtem Diktat.

Aber nein, die freitags für die Umwelt schwänzenden Schüler stehen sicherlich auch nicht so mit der Rechtschreibung auf Kriegsfuß, wie ich damals. Ich glaube fast, wenn ich die Bilder in den Zeitungen und im Fernsehen sehe, und auch die Interwies und Statements, die die Teilnehmer in ein Mikrophone von Reportern reden, höre, das die wirklich überzeugt sind von ihrer Mission!

Und selbst viele Lehrer unterstützen die Schwänzer, in dem sie Verständnis bekunden. Wobei - wenn ich Lehrer wäre, dann würde ich es vielleicht sogar gut finden, wenn die Schwänzer ihre Aktion auch auf Montage, Dienstage... - aber ich will wirklich niemandem zu nahe treten! Bloß wenn ich mal von mir ausgehen würde... - nein, was bin ich doch für ein... ein Spötter? Ein Realist?

Fasten

Ein Glück, dass ich kein Karnevalist bin! Also keiner, der den Karneval liebt und alle Regeln einhält - von der Kussfreiheit bis zur Passionszeit. Oder kein Faschist! Also keiner, der nach der Faschingszeit fasten tut. Das ist nämlich das Schwierige an der ganzen fünften Jahreszeit, dass am Ende die Passionszeit kommt, in der wir uns momentan befinden. Die Passionszeit ist die Zeit, wo die Karnevalisten, oder Faschisten - wie man sie auch nennen mag - fasten. Ja, fasten! Nichts essen und trinken! Vierzig Tage von Aschermittwoch bis Karsamstag. Die Sonntage werden nicht mitgezählt. Ob man da dann zwischendurch richtig schlemmen darf, weiß ich nicht. Aber warum nicht? Wenn die Sonntage nicht zählen...? Und sonst würde das ja auch keiner vierzig Tage lang durchhalten!

Das mit der Passionszeit ist so, weil Jesus nach seiner Taufe im Jordan vierzig Tage mit Fasten und Beten verbrachte. Was Jesus an den Sonntagen gemacht hat, ist nicht überliefert.

Jedenfalls - am Aschermittwoch ist alles vorbei! Mit "alles" ist das gute Leben gemeint. Deshalb wird in der Fastnacht vor Aschermittwoch nochmal die Sau rausgelassen. Da wird nochmal geschlemmt - gefressen, gesoffen, geknutscht...

Das erklärt auch die jährlichen hohen Geburtenraten im November!

Übrigens ist ja der Karneval samt den Faschingsbräuchen vor allem in den katholischen Regionen von Deutschland verbreitet.

Als Zeit der großen Sünden wird die Fastnacht oft beschrieben. Ein liturgisches Buch von 1518 warnt beispielsweise: "Bei all der "fresserei, hochmut oder hoffart, unkeuschheit, narrheit, dadurch Gottes gantz wirt vergessen", Doch warum toleriert die katholische Kirche seit schon immer Völlerei und Gottlosigkeit?

Das ist wirklich erstaunlich. Oder sind die katholischen Geistlichen bloß schlau? Wissen die insgeheim, dass sie selbst auch nur dann mal richtig Mensch sein dürfen, wenn sie es anderen gestatten?

Naja... - das ist ein weites Feld.

Aber was die Faschingszeit in unserer Kleingartensparte betrifft... - also, wir feiern im Kreise von unseren Spartenmitgliedern jedes Jahr ein Kostümfest. Aber deswegen tut hinterher keiner fasten. Jedenfalls keine vierzig Tage lang!

Und was "fresserei, hochmut oder hoffart, unkeuschheit, narrheit" betrifft... - nein, bei unserem Kostümfest - alles seriös!

Wir feiern ja unser Kostümfest in unserer Gartensparte schon seit vor der Wende. Die Kapelle ist auch jedes Jahr dieselbe. Die sind mit uns alt geworden. Die Lieder, die die spielen, können wir alle mitsingen. Zum Beispiele "Mei Bähby Bähby balla balla" oder "Hee, häng on Schluby, Schluby häng on"! Und wenn bei der Sachsenhymne im Refrain alle einstimmen - "Sing mei

Sachse sing!" - dann hebt es das Dach vom Vereins-
heim immer leicht an.

Die paar jungen Leute, die man als Nachwuchs be-
zeichnen könnte, sitzen verschüchtert hinten in der
Ecke und fliehen dann entnervt, wenn wir zum dritten
Mal "Laurentia" gesungen haben.

Und jeder kennt eben jeden! Man weiß, wer nach dem
dritten Bier anfängt rumzustreiten; man weiß, wer zu
vorgerückter Stunde, wenn er zu viel Wodka intus hat,
der Waltraud an die Bluse will; man weiß, wer am
Ende vom Kostümfest unter dem Tisch liegen bleibt,
und man weiß auch, dass die Irmi Müller, kurz vor
Mitternacht auf dem Tisch tanzt, dass die Schlipper
blitzen. Das ist immer so. Alles seriös!

Das Motto bei unserem Kostümfest lautet übrigens
"Tutti frutti" - was auf Deutsch "süße Früchte" heißt und
wirklich gut zu einer Gartensparte passt. Und das Motto ist jedes Jahr gleich. Man kann also jedes Jahr im
selben Kostüm erscheinen. Aber man muss nicht un-
bedingt als Frucht gehen. Manche gehen als Räuber,
andere als Teufel oder Engel... oder sonst was.

Wir, meine Gutste und ich - also, wir mussten aus ob-
jektiven Gründen unsere Kostüme im Lauf der Jahre
etwas variieren. Vor zwanzig Jahren bin ich als Bohne
gegangen. Meine Gutste als Himbeere! Ich bin dann
über Möhre und Avocato mittlerweile bei Melone
gelandet. Meine Gudste über Pflaume, Pfirsich bei
Kürbis. Aber wenn mich und meine Gutste das Temperament überwältigt, dann legen wir trotzdem noch
einen flotte Sohle aufs Parkett. Auch wenn ich meine

Arme nicht mehr um die Hüften von meiner Gutsten schlingen kann. Bauch an Bauch ist aber kein Problem.

Ach, und ich freu mich schon jetzt auf das Kostümfest im nächsten Jahr. Hoffentlich sind die Irmi Müller und die Waltraud wieder mit dabei.

Organspender

Unser Gesundheitsminister Jens Spahn will, dass alle Bürger in Deutschland Organspender sind, außer, sie erklären schriftlich, es nicht sein zu wollen. Das ist eine gute Idee. Im Vertrauen darauf, dass viele Bürger jeglichen bürokratischen Aktionen möglichst weiträumig aus dem Wege gehen, kann man darauf hoffen, viele Organspender zu bekommen. Einfach aus Bequemlichkeit, oder Faulheit, oder Vergesslichkeit sich gegen die Organspende schriftlich zu wehren, werden auch spenderunwillige Bürger zu Organspendern werden! Es wird mit hoher Wahrscheinlichkeit mehr Organspender geben, als Organempfänger. Das schafft dann ein Überangebot auf dem Organmarkt. Die Preise für eine Leber werden genauso fallen, wie die Preise für Pflaumen bei Pflaumenschwemme.

Damit keiner der Spender benachteiligt wird, werden aber sicher allen anfallenden Spendern alle verwendbaren Organe entnommen. Diese Organe werden in Tiefkühlschränken gelagert, bis sich ein geeigneter Empfänger finden lässt.

Deutschland wird auch auf dem Organsektor Exportweltmeister werden.

Potentielle Empfänger, oder Leute, die sich vielleicht für einen Organwechsel interessieren, können natürlich über Internet passende Angebote finden. Die Transplantationsmedizin wird einen enormen Aufschwung erleben. Wobei kleinere Organwechsel vielleicht auch vom Empfänger selbst in Heimarbeit durchgeführt werden können. Zum Beispiel ein kleiner Milzwechsel! Für den organwechselwilligen Bürger wird es allerdings nicht einfach sein, den richtigen Zeitpunkt für einen Organwechsel zu bestimmen. Die Abwägung, ob meine seine über Jahrzehnte geplagte Leber gegen eine Leber eintauschen sollte, die nur wenige Jahre weniger im Dauereinsatz war, wird viel Fingerspitzengefühl erfordern. Eine völlig untrainierte Leber kann aber auch Probleme mit sich bringen. Ähnliche Schwierigkeiten wird es mit Herzen geben. Und ob ein gebrochenes Herz durch ein kaltes Herz zu ersetzen ist, kann theoretisch kaum entschieden werden. Es wird zweifelsohne entsprechende Beratungsstellen geben müssen.

Auch regelmäßige Durchsichten werden sicherlich die Regel sein. Mit einem perforierten Zwerchfell wird man nicht mehr durch den TÜV kommen. Und wenn die Abgaswerte nicht stimmen, wird man keine Zuzugsgenehmigung für bestimmte Innenstadtbereiche bekommen. Die Organoptimierung wird zu einer Frage des Umweltschutzes.

Große Nachfrage auf dem Organmarkt wird natürlich bei denjenigen Organen entstehen, deren Spender noch nicht im Rentenalter war. Organe von Rentnern mit geringer Restlaufzeit werden hingegen kaum stärker nachgefragt sein. Und wie eben immer auf dem Markt, wird sich ein Preis entwickeln, der durch Nachfrage und Qualität bestimmt wird. Es wird auch bei Organen keinen Markt geben können, der sich nicht über den

Preis reguliert. Angebot und Nachfrage werden ihre Wirkung nicht verfehlen. Und es wäre absolut unvorstellbar, wenn es auf dem Organmarkt keine Luxusangebote geben würde, die sich eben nur betuchte Leute leisten können. Anderseits wird es günstige Organe geben, die eben im "Angebot" sind. Vielleicht steigt auch ALDI in den Organhandel ein?

Alles das kann ich mir lebhaft vorstellen und auch akzeptieren. Unsre Welt ist, wie sie ist! Das große Problem bei der ganzen Organwechselei ist für mich eigentlich, dass ich nicht weiß, wer meine Organe bekommen wird, wenn ich vergessen sollte, mich gegen die Organspende schriftlich zu verwahren.. Es würde mir überhaupt nicht gefallen, wenn ich mit meiner Niere einem Knallmax aus der Vorstandsetage der Deutschen Bank aus der Patsche helfen würde. Oder mit meinem Hirn einem unserer Spitzenpolitiker! Oder mit meinem Dickdarm einem Fußballmillionär! Wobei - es könnte allerdings dann auch Leute geben, die beispielsweise Fan von einem Schlagerstar sind, und mächtig stolz darauf wären, wenn ihr Star eine Niere von ihnen tragen würde. Oder eine Gallenblase? Nein, was mich betrifft, da muss ich gestehen, dass es nur ganz wenig Leute gibt, denen ich gern mit meinen Organen zu einem längerem Leben verhelfen möchte. Viel mehr Leute gibt es, denen ich meine Arthrose geplagten Hüften gönnen würde. Oder meine Fettleber!

Wann wir schreiten...

Der Mensch scheint als biologisches und zugleich soziales Wesen eine Vorliebe zum Spazierengehen mit möglichst vielen anderen Menschen zu besitzen. Die Anlässe, diese Vorliebe auszuleben, sind mannigfaltig. Demonstrationen zum 1.Mai oder zu Ostern - wie wir sie in den letzten Tagen wieder bestaunen konnten - sind ebenso beliebt wie Faschings- oder Karnevalsumzüge. Nicht zu vergessen Protestdemos oder religiöse Prozessionen. Losungen, Transparente, Monstranzen und monströse Witzfiguren werden sinnstiftend mitgeführt und vorgezeigt.

Wenn der Mensch in der Masse herumläuft, fühlt er sich plötzlich sehr stark und schlau. Ohne dieses gesteigerte Selbstwertgefühl wären auch die deutschen Truppenbewegungen gen Moskau oder die Kreuzzüge ins Heilige Land nicht denkbar gewesen.

Motto: Wann wir schreiten Seit an Seit... - dann fühlen wir uns so was von gescheit!

Der Mensch, der alleine durch die Gegend wandert, fühlt sich eher klein und den Gefahren der wilden Natur schutzlos ausgeliefert. Und da ihm auch die Gefährten fehlen, die genauso denken wie er und ihm permanent bestätigen könnten, klug und weise zu sein, wie eben alle, die da im Gleichschritt gehen, so fühlt er sich alleine eher betröppelt und ein bisschen doof. Um dieses Gefühl zu vermeiden, sucht der Mensch die Massen gleichgesinnter Menschen. Betonung liegt auf 'gleichgesinnt'!

Mit Massen von Menschen herumzulaufen, die anders gesinnt sind, bringt kein gutes Gefühl hervor. Im Gegenteil. Wer anders sinnt, der spinnt!

Deshalb kann es also nicht passieren, dass die Gegner der Braunkohlekraftwerke mit den Freunden der Überlandleitungen gemeinsame Märsche und Demonstrationen durchführen. Die Waldschützer gehen nicht mit den Dieselfreunden. Die Pilzesammler nicht mit den Briefmarkensammlern.

Jeder demonstriert mit denen, die so denken wie er, für das, was mein gemeinsam denkt. Und wer dann mit seinen Gleichgesinnten am lautesten ist, wird von den Medien registriert und erfährt gebührende Aufmerksamkeit in der Presse und im Fernsehen. Und so entsteht dann der Eindruck bei denen: Wir haben Recht! Eine Woche später sind aber die anderen dran, die diesen Eindruck haben dürfen. Weil eben die Medien nicht unentwegt über dieselben berichten können.

Abwechslung muss sein!

Nach geraumer Zeit, in der die verschiedensten Gesinnungslager zu Wort gekommen und gewürdigt worden sind, versteht eigentlich kein Außenstehender mehr, wo vielleicht ein Fünkchen Wahrheit und Vernunft zu finden sein könnte.

Wirrwarr schaffen, ohne Waffen!

Anderseits kann es aber auch passieren, dass aus dem Strudel der Meinungen und Gesinnungen plötzlich ein Sog entsteht. Zum Beispiel der Sog, der die Auffassung bestärkt, dass es sinnvoll ist, unsere Atomkraftwerke

abzuschalten, um die Umwelt stärker mit umwelt-
vernutzender Energiegewinnung zu belasten.

Es gibt noch Wiesen, wo kein Windrad steht!

Im Übrigen stehen ja rings um Deutschland genügend
Atomkraftwerke herum, von denen wir Strom bekommen könnten. Das Risiko bezüglich atomarer Un-
fälle, die Deutschland in Mitleidenschaft ziehen könnten, bleibt konstant.

Oder nehmen wir die E-Autos! Jeder weiß, dass die
Gesamtenergiebilanz gegenüber dem Dieselauto um
zehn bis zwanzig Prozent negativer ausfällt. Das E-Auto
samt den notwendigen Batterien sind Umweltkiller!

Aber der Sog, der aus dem freien Spiel der Bewegungen zu Fuß und den Gesinnungen der Därme bei den
Menschen entsteht, erhebt das E-Auto zum Messias für
die Umwelt!

Mein Gott, kann die Autoindustrie mit den E-Autos
denn wirklich so viel mehr Profit machen, als mit den
anderen Dreckschleudern?

Geht das denn überhaupt noch - mehr Profit machen,
als man schon macht?

Wahlwerbung

Es gibt momentan wohl landesweit keinen Laternen-
mast (oder auch keinen Laternenpfahl), wo ein Hund
gerne ranpinkeln würde. An allen Pfählen und Masten
hängen die Wahlkampfplakate der Parteien für die
Europawahl, die nicht nur für Hunde abschreckend
wirken.

Die ersten in unserem Ort waren die Plakate von der
FDP. Dann nach und nach folgten die Plakate aller
anderen Parteien. Man glaubt gar nicht, wie viele Parteien es immer noch gibt, von denen man sonst das
ganze Jahr über nichts hört. Nun künden deren Plakate
von ihrer kümmerlichen Existenz. Oft kann man dann
Parolen lesen, von denen man glauben könnte, sie
stammen aus vorwendischen Zeiten oder direkt aus
dem Nachlass der RAF oder der SED. Zum Beispiel
so was wie: "Keine Waffen für die Affen!" Oder sehr
vielsagend: "Du hast Rechte!" Oder ziemlich nichtssa-
gend: "Genau jetzt!".

Die meisten der Plakate, die rumhängen, zeigen die
jeweiligen Kandidaten. Oft gänzlich ohne Rücksicht auf
deren Fotogenität! Die meisten Kandidaten sind so
fotogen wir ein Klappfahrrad im eingeklappten Zustand. Oder wie eine Rübe nach der Begegnung mit
der Vollerntemaschine.

Sie werden regelrecht optisch "gepfählt". Oder "gemäs-
tet"?

Auch unter Umweltschutzaspekten ist die Wahlkampfwerbung im öffentlichen Raum mehr als frag-

würdig. Genau so fragwürdig, wie der Slogan des FDP-Kandidaten: "Nachhaltigkeit - eine Aufgabe die vereint!" Also, mit vereinten Kräften haben wir eigentlich die Umwelt schon ziemlich nachhaltig versaut! Jetzt noch nachhaltiger?

Gut, zugegeben - es mag vielleicht Dörfer und ländliche Gemeinden beispielsweise in Sachsen-Anhalt oder Mecklenburg-Vorpommern geben, für die das bisschen Farbe, was die Plakate mitbringen, einen optischen Aufheller darstellen, der den Eindruck von Lebensfreude erweckt. Aber das ist dann eben ein zeitlich sehr begrenzter Effekt und entbehrt jeglicher Nachhaltigkeit.

Die graphische Qualität, die Auswahl der Farben und Schriften und Formen, ist durchweg unterirdisch. Wahrscheinlich folgen die Gestalter von Wahlkampfplakaten der Erkenntnis, dass das Wahlvolk eh keinen Geschmack hat und jegliche gestalterische Idee sowieso Perlen vor die Säue darstellen würde. Wen man könnte, würde man massenwirksame Plakate im Stil des berühmten "Röhrenden Hirsches" von Adalbert Kitschmann aufhängen.

Die Plakate haben natürlich den Vorteil, dass sie keine Töne und sonstigen Laute von sich geben. Das ist bei der Fernsehwerbung anders. Da wird Klartext geliefert! Da kann man Sachen hören, bei denen man glaubt, nicht richtig gehört zu haben.

Die Fernsehsender verweisen lediglich darauf, dass die Verantwortung für die Inhalte der Wahlkampfwerbung bei den jeweiligen Parteien liegen würde.

Das meinen die Fernsehsender ernst!

Allerdings gibt es niemanden, der die Parteien zur Verantwortung ziehen könnte. Das wäre ja dann auch...! Wozu haben wir denn unsere hochwohllöbliche Meinungsfreiheit?! Man kann schließlich keine Stasimethoden anwenden! Womöglich nur das über den Sender lassen, was einen gewissen Anstrich von Intelligenz und Vernunft besitzt? Nein!

Die Fernsehsender kassieren nur völlig verantwortungslos das Geld, was die Parteien für die Werbung ausgeben. Einen großen Teil des Geldes, was die Parteien für Werbung ausgeben können, bezahlt übrigens der Steuerzahler. Die Parteien erhalten alle proportional zu ihren Wahlergebnissen und Mitgliederzahlen Wahlkampfzuschüsse. Im Jahr 2018 gab es immerhin insgesamt runde 165 Millionen Euros aus der Staatskasse für die Parteien und ihren Wahlkampf. Früher hieß das "Wahlkampfkostenerstattung". Der Begriff wird nicht mehr offiziell verwendet, damit sich nicht mehr so viele Leute über diese Art der staatlichen Geldverschwendung empören können.

Aber man muss sich das eigentlich mal überlegen! Ist das nicht dämlich von uns Steuerzahlern, Geld auszugeben dafür, dass sich unsere Hunde beim Pinkeln fürchten und unsere Ohren sich beim Fernsehgucken kräuseln müssen?

Wäre es nicht besser, das Steuergeld für den neuen Flughafen in Berlin, oder für den Bahnhof in Stuttgart, oder für die Aufrüstung der Bundeswehr zu verpul-

vern? Da fließt ein Teil des Geldes wenigstens ein bisschen auch in die Taschen von Arbeitnehmern zurück.
Und es gibt bestimmt noch viele andere schöne Beispiele, wie man Geld verschwenden kann, ohne unsere
Hunde zu belästigen!

Sexismus im Supermarkt

Auf dem Einkaufszettel, den mir meine Gutste samt der Payback-Card übergeben hatte, damit ich meinen Beitrag für unseren Lebensunterhalt leisten könne, standen Bananen - fünf Stück, Kaffeesahne, Kaffee, Frischkäse mit Kräutern, Kefir - drei, Vollkornbrot, Wein - zwei, Leberwurst grob und ein Stück Hefe. Ein mittelschwerer Auftrag für unter der Woche!

Völlig arglos betrat ich dann, nachdem ich mir einen Einkaufswagen besorgt hatte, den Supermarkt. Gleich zuerst kommt der "Obst & Gemüse"-Bereich. Vor den Bananen stand eine junge Frau und suchte bedächtig nach den schönsten Exemplaren. Dass sie nach den schönsten Exemplaren suchte, ist eine Vermutung meinerseits. Jedenfalls ließ sie sich Zeit, so dass ich, in Anstandsabstand wartend, meinen Blick über sie gleiten lassen musste. Ich war im Handumdrehen nachhaltig überrumpelt!

Die junge Frau trug, um unten anzufangen, hochhackige Schuhe. Nicht direkt 'high heels', aber ziemlich 'high' für unter der Woche. 'Salatstecher' haben wir früher gesagt. Sie trug keine Strümpfe. Über den nackten Knöcheln begann die hautenge blaue Jeans, die sich an ihren Beinen bis hinauf zur Taille erstreckte. Ob die Jeans allerdings einfach sehr eng, oder gar nur auf ihre Haut aufgemalt war, konnte ich nicht auf Anhieb eindeutig erkennen. Erst beim dritten optischen Nachfassen erkannte ich an Hand der Nähte der Jeans und an einigen geringfügigen Falten, die der Jeansstoff in den

Kniekehlen warf, dass die Hose mit hoher Wahrscheinlichkeit echt und nicht gemalt war.

Jedenfalls trat die überaus perfekte weibliche Note des unteren Teils ihres Körpers mit Hilfe der Jeans sehr nachdrücklich in Erscheinung. In mir läuteten die Alarmglocken! Wie kommt so ein Wesen in den Supermarkt unserer Provinzvorstadt?

Und dabei hatte ich ja erst den unteren Teil der jungen Frau ausführlich inspiziert. Der obere Teil war aber auch in Blitzbetrachtung nicht weniger überzeugend gewesen. Ein weißes T-Shirt, darüber ein blaues knappes boleroartiges Jäckchen brachten ihren prachtvollen Oberkörper vorteilhaft zur Geltung. Ja, ihr Vorteil stand ihrem Hinterteil in keinster Weise nach!

Das halblange, nach hinten geraffte dunkle Haar schließlich rahmte ein wirklich majestätisches Gesicht.

Keine Schminke, aber ein Selbstbewusstsein, wie Cleopatra oder Lady Gaga!

Und doch irgendwie nett, so dass ich mir durchaus vorstellen konnte, mit ihr die Matte zu teilen... wenn auch vielleicht nicht zur gleichen Zeit... mehr so versetzt... ich abends... sie morgens... aber immerhin - für ein paar harmlose Phantasien würde es sicher genügen!

Dann legte sie die Bananen ihrer Wahl in ihren Korb und schritt davon, ohne sich darum zu kümmern, ob ich ihr folgen könnte. Ich musste schließlich auch erst Bananen auswählen!

Nachdem ich ihr mit dem Blick bis zum Ende des "Obst & Gemüse"-Bereiches gefolgt war, legte ich, ohne

lange zu fackeln, ein Bündel Bananen in meine Korb.
Ich durfte den Anschluss nicht verlieren!

Ich eilte, den "Obst & Gemüse"-Bereich verlassend
rechts um die Ecke, wo sich dann, die nach Waren-
gruppen geordneten Regalgänge reihen. Im Marmela-
dengang, der zuerst kommt, war sie nicht. Sie stand
zwei Gänge weiter bei den Nudeln. Erleichtert bremste
ich meinen Schritt und suchte unter den Nudelsorten
intensiv nach einer bestimmten Sorte, obwohl Nudeln
nicht auf meinem Zettel standen.

Aber wählen Sie mal eine Nudelsorte aus, die sie ersten gar nicht kaufen wollen und zweitens, wenn ihr
Blick andauernd durch eine, geballten Sexismus ver-
strömende Person abgelenkt wird!

Die bloße Erscheinung der jungen Frau mit allen Vor-,
Unter- und Oberteilen grenzte an Nötigung!

Mir gelang es, sie dann noch heimlich am Fleischstand
und im Weinabteil zu stellen. Im Weinabteil wählte sie
unter den Sektsorten zweimal 'Rotkäppchen trocken'.
Ich wählte einkaufszettelgemäß zwei Flaschen Wein.
Allerdings nicht 'Silvaner weiß halbtrocken', den ich
und meine Gutste ansonsten bevorzugen, sondern
zwei Flaschen Rotwein, weil ich vom Rotweinregal aus
einfach bessere Sicht auf die, mich belästigende junge
Frau hatte. Eine Figur! Traummaße - wenn ich meinem
sechser Augenmaß trauen durfte.

Als ich dann zu lange am Käsekühlschrank nach dem
Frischkäse mit Kräutern suchen musste, entwischte sie
mir durch die Kasse.

Ich nahm mit letzten Kräften noch einmal die Verfolgung auf, um mich von der Erscheinung der jungen Frau belästigen zu lassen, aber auch auf dem Parkplatz war keine Spur mehr von ihr zu entdecken.

Betrübt kehrte ich nach Hause zurück und hatte dann Mühe, meiner Gutsten zu erklären, weshalb ich ein Bündel mit sechs Bananen, statt mit nur fünf, wie mein Auftrag lautete, gewählte und darüber hinaus eine Tüte 'Riesaer-Vollkornspirellis' mitgebracht hatte. Dass ich Opfer eines sexistischen Anschlages geworden war, hätte mir meine Gutste niemals geglaubt.

Volk geht flöten

Den sogenannten Volksparteien würde langsam das Volk ausgehen, hört man gegenwärtig oft sagen. Gemeint sind dabei die CDU und die SPD. Denen ginge das wählende Volk flöten!

Das könnte stimmen. Die Teile des Volkes, die zur CDU gehalten haben, waren die christlich orientierten Leute. Weil ja die CDU eine christlich demokratische Partei sein will. Und wenn nun immer weniger Leute christlich sind, dann wählen die eben alles Mögliche - vielleicht sogar die erklärt atheistischen Parteien.

Sind die Grünen eigentlich irgendwie religiös ausgerichtet? Glauben die an was? An einen Gott mit grünem Daumen vielleicht? Zumindest scheinen sie den Glauben an die Vernunft des Volkes und anderer Völker noch nicht völlig verloren zu haben!

Das wählende Volk der SPD war traditionell die Arbeiterschaft. Ungläubige! Höchstens passiv evangelisch!

Die SPD-Anhänger waren die friedliche Arbeiterschaft, die nicht revolutionäre Arbeiterschaft, die das System des Kapitalismus nicht stürzen wollende Arbeiterschaft. Die Umstürzler, das waren die Kommunisten!

Nein, die Sozialdemokraten wollten das System nur ein bisschen reformieren, damit sie weiterhin ihr gutes Auskommen haben. Und das hatten sie ja auch tatsächlich in den letzten Jahrzehnten nach dem zweiten Weltkrieg. Sozialdemokraten standen in Lohn und Brot, und konnten im Urlaub nach Italien oder Mallorca reisen. Es gab die soziale Marktwirtschaft, die der CDU-Mann Ludwig Erhard erfunden hatte.

Reisen können die Sozialdemokraten auch jetzt noch, aber es gibt einfach nicht mehr soviel Arbeiter, die sich in Lohn und Brot befinden und sich der SPD verbunden fühlen. Die Arbeitsplätze sind nicht mehr lebenslänglich. Befristete Arbeitsplätze, Leiharbeit, Kurzarbeit... und was es noch alles gibt, lassen kein starkes Band mehr zwischen Arbeitnehmer und Arbeitgeber entstehen. Wobei der deutsche Arbeitnehmer, auch wenn er nicht mehr der ist, der er mal war - fleißig, treu und handzahm -, nun nicht gleich radikal geworden ist, aber er ist renitent geworden. Er wählt nicht mehr nur die für ihn vorgesehene SPD.

Übrigens ist auch die Zahl der echten, unmittelbar mit den Produktivkräften verbundenen Proletarier stark gesunken. Das ursprüngliche Proletariat verintellektualisiert langsam. Die Computer und Roboter übernehmen mehr und mehr die Macht.

Bei all dem Volk, was also nicht mehr den traditionellen Zusammenhalt zur Volkspartei besitzt, rutschen eben viele seitlich ab. Die mutigen ins grüne Lager. Die ängstlichen ins rechte Lager.

Und das ist nun ganz besonders stark bei den Ossis der Fall.

Der Grund dafür, dass besonders die Ossis nach rechts abrutschen, dürfte auch darin liegen, dass die Ossis nie diese Verbindung zu einer der Volkspartei hatten - weder zur CDU, noch zur SPD!

SPD gab es vor der Wende für die Ossis nicht, und CDU war eben nicht wirklich vorhanden.

Es gab die SED, die eigentlich keiner richtig mochte - egal ob man Mitglied oder nur Wähler war. Die wenigsten Ossis waren aus tiefster Überzeugung Mitglieder oder Wähler. Es gab kein traditionelles Band, dass Volk und Partei zusammenhielt.

Die SED mit den Parteitagen voll Jubel und ewigen Erfolgsmeldungen war ein Gebilde, was keiner richtig begriff. Heute würde man den Begriff "Fake" verwenden!

Und nach der Wende ist es auch nicht besonders gut gelungen, das Vertrauen der Ossis in eine der vorhandenen neuen Parteien zu festigen. Aus schierer Verzweiflung oder einfach in Ermanglung des Vertrauens, haben die Ossis seit der Wende irgendwie unberechenbar gewählt. Erst stark links, jetzt stark rechts! Der Ossi hat sich in großen Teilen nach der Wende weniger als Teil des Deutschen Volkes gefühlt, eher als Kolonie.

Ja, der Ossi hat ein starkes Bedürfnis nach Sicherheit. Er will keine weiteren Experimente erleben und mitmachen. Der Zusammenbruch des Tausendjährigen Reiches, der anschließende Sozialismus und die Wende sind einfach genug! Energiewende, Digitalisierung, Elektroautos, Migration... - soll man doch Ratten und Mäuse nehmen, wenn man experimentieren will!

Und dass da einer in der SPD solche Sachen wie "demokratischen Sozialismus" oder gar "Enteignungen" in den Mund nimmt... - will der uns am Ende unsere BMWs wegnehmen?!

Zirkeltag

Am 5. Februar 2018 war ein sogenannter Zirkeltag. Das war der Tag, wo die Berliner Mauer genauso lange weg war, wie sie vorher da war: 28 Jahre, 2 Monate und 26 Tage. Welche Hälfte nun die schönere Zeitspanne gewesen ist, unterliegt unterschiedlichen Bewertungen. Eine große Mehrheit im deutschen Volk bewertet die Zeitspanne vor dem Mauerfall als die schönere Zeit. Zu dieser Mehrheit gehören vornehmlich Wessis, also Menschen aus den alten Bundesländern, die vor dem Mauerfall weder Solidaritätszuschlag zahlen, noch sich mit den Ossis herumstreiten mussten, was denn nun das bessere Gesellschaftssystem sei. Das stand damals fest! Das wurde durch die Fluchtrichtung der Flüchtlinge eindeutig markiert. Flüchtlinge in Richtung Osten wurden nicht selten sofort in Nervenheilanstalten eingeliefert.

Nach dem Mauerfall wurde alles anders.

Der Zirkeltag bezüglich meiner Ehe mit meiner Elfriede, muss auch demnächst sein. Zweiunddreißig Jahre war ich frei und zweiunddreißig Jahre bin ich in festen Händen. Wobei - ich fühle mich in meiner Ehe mit der Elfriede durchaus jederzeit absolut frei. Ich darf eben bloß nicht so an der Leine zerren!

Die Freiheit, die ich persönlich nach dem Mauerfall am meisten genossen habe, ist übrigens die Reisefreiheit. Wo bin ich mit meiner Elfriede seither nicht überall gewesen! In den ersten Jahren nach dem Mauerfall! Nie hätten wir davon zu träumen gewagt, so weit in die Welt hinaus zu kommen. Aber das Tor zur Welt war für uns nun offen wie ein Scheunentor.

Ob Dubai, Thailand oder Norwegens Fjorde, wir waren dorte!

Nein, die Reisefreiheit ist wirklich eine sehr schöne Freiheit, wenn man das nötige Geld übrig hat. Und es soll Leute geben, die haben es nicht übrig.

Trotzdem ist gegen Reisefreiheit nichts einzuwenden. Es ist eben Reisefreiheit, und wer nicht genug Geld übrig hat, wird nicht gezwungen zu reisen!

Mit den anderen Freiheiten, die es seit dem Mauerfall auch bei uns im Osten gibt, habe ich mich noch immer nicht richtig anfreunden können. Mit einigen stehe ich sogar auf Kriegsfuß. Zum Beispiel Meinungsfreiheit!

Das ist ja die Freiheit, die es selbst dem letzten Idioten gestattet, seine Meinung lauthals zu verkünden, ohne dass er dafür ausgelacht werden darf. Wegen der Meinungsfreiheit ist es ja so, dass eine Nazipartei gewählt werden kann und in vielen Bundesländern im Parlament sitzt. Oder nehmen Sie die Afterpartei!. Diese Frau Dr. Alice Weidel, was die im Bundestag als Meinung verkünden darf, müsste doch dreimal reichen, um die wegen Volksverhetzung einzubuchten!

Und das schönste - der Staat finanziert solche Meinungsschänder! Wenn Du genug Anhänger für deine Meinung findest und gewählt wirst, kriegst du Millionen! Und wenn du dann in irgendeiner Wahlfunktion bist, ob Bundestag oder in der Provinz, hast du ausgesorgt.

Gut, das ist auch für die Linken so. Aber irgendwie kommen mir die Linken gegen die, die sich da so rechts tummeln, regelrecht harmlos vor. Meinungsschwach beinahe!

Die Linken wollen bisschen was für das Soziale tun, bisschen was für Umwelt, Frieden, Kultur und Volkstanz. Aber von der großen Revolution ist doch schon längst keine Rede mehr!

Oder Pressefreiheit!

Die Pressefreiheit gilt ja nicht nur für die Presse, sondern auch für das Fernsehen. Und das bedeutet, dass besonders die privaten Sender ungehemmt die Verblödung der Zuschauer vorantreiben können. Und die öffentlich rechtlichen Fernsehmacher treiben ihre Zuschauer ja regelrecht in die Arme der privaten. Wenn ich höre, dass zwei Drittel der Einnahmen der GEZ in Gehälter und Pensionsansprüche fließen, und dass in den Fernsehanstalten der Bundesländer bereits postkommunistische Verhältnisse herrschen - Motto: Leistung ist nicht das Maß der Dinge. Der gute Wille reicht! - dann macht mir der beste "Tatort" keinen richtigen Spaß.

Man kann sich noch weitere Freiheiten anschauen - die sexuelle Freiheit, die wirtschaftliche Freiheit, die Freiheit der Banker...

Meine Elfriede sagt immer, jede Freiheit braucht eine Grenze, sonst wird Chaos draus!

Alles dreht sich heutzutage um das Scheißgeld! Ist doch wahr!

Alle wollen irgendwie reich werden! Egal wie! Lotto, Fußball, Börse, Karriere, Erbschaft, Fernsehstar... ja, so bestimmte Künstler, die nicht sehr viel Wert legen auf den Nobelpreis oder auf den Ruhm der Nachwelt... - Comedians, Krimischreiber, Liebesromanistinnen, Sexualneurotiker, Pornostars... - die, die so die niederen Bedürfnisse befriedigen... Motto: Wichtig sind die Einschaltquoten, es gibt überall Idioten!

Nein, ich will nicht reich werden!

Ich will bloß reicher werden, als wie SIE!

Beziehungsweise - wenn Sie mein Freund sind, oder aus der Verwandtschaft, oder ein Kollege - dann möchte ich reicher werden, als wie DU!

Dabei müsste der Reichtumsvorsprung gar nicht so üppig sein. Nein, ich will da durchaus auf dem Boden bleiben.

Also, wenn DU einen PORSCHE fahren würdest, dann würde mir ein FERRARI durchaus genügen. Oder wenn DU einen OPEL fahren würdest, reicht mir ein BMW!

Hauptsache ist doch, dass DU dich grämst. Aber an Deinem Gram müsstest DU ja noch nicht verzweifeln. Kurz abkotzen und einfach weiter Geld machen!

Außerdem hast DU ja noch das Eigenheim. Wobei - mein Eigenheim könnte dann - meinetwegen - Deinem

Eigenheim fast gleichen wie ein Ei dem anderen. Nur eben, Dein Eigenheim hat keine Sauna!

Und der Pool ist drei Quadratmeter kleiner. Drei Quadratmeter, die Dir dann zu Deinem Glück fehlen!

Dabei hätte ich eigentlich gern einen Pool am Eigenheim, der mindestens doppelt so groß, ist wie Deiner. Aber die drei Quadratmeter genügen mir immerhin, um mich Dir gegenüber doch privilegiert zu fühlen.

Was mich etwas ratlos machen würde, wenn DU Deine Urlaubsreisen mit Familie bis zum Mond ausufern lassen würdest. Nicht mehr nur Hawai oder Grönland, nicht mehr nur Kreuzfahrtschiffe oder Zeppelin, sondern Spaceshuttle zum Mond. Bungalow auf der Rückseite!

Nein, nur weil DU denkst, dass ich Dich übertrumpfen will mit meinen Wohlstandsattacken, deswegen werde ich Dir nicht den Gefallen tun und zum Mars fliegen!

Nein, mein Wille zum Reichsein hat Grenzen.

Auch was Deine Frau betrifft... - der gönne ich doch glatt die vierzig Kilo, die sie mehr hat als meine Frau. Wie sagt schon der Araber - du kannst nicht alles haben - dicke Frau und Platz im Bett!

Eigentlich gönne ich Dir wirklich fast alles - Deine Kinder, Deine Verwanden, Deine Krankheiten, Deine Kurzsichtigkeit...!

Solange ich mich in der Summe aller Dinge ein Krümelchen reicher fühlen kann, als wie DU, bin ich glücklich. Aber je reicher DU bist, desto schwerer wird es für mich. Deswegen wäre es mir eigentlich lieber, wenn DU nicht so verdammt reich wärst.

Oder hast DU etwas gegen mich? Willst DU mich fertigmachen? Willst DU, dass ich mich an Deinem Reichtum seelisch entzünde und am Ende vor die Hunde gehe?

Ich will doch bloß ein bisschen reicher sein, als wie DU.

So fürs Wohlbefinden! Ach, sei doch nicht so!

Fini